미니어처

미니어처

최문영 장편소설

쏠트라인

■ 작가의 말

장애활동보조일을 하며 만난 아이를 주인공으로 했습니다.

그 아이 이름은 '민희'입니다. 부를 때는 보통 히읗 소리가 탈락되어 '미니'라고 합니다.

특별한 사명감이나 포부 같은 것이 있어 이 소설을 쓴 것은 아닙니다.

그냥 서너 살짜리 지능을 가진 아이라고 말해지고, 누구도 돌보기 힘든 아이라던 미니가 사실은 사람들 말을 대부분 알아듣는다는 것에 놀라 그 아이를 자세히 살폈고, 그 살핀 이야기를 사진 찍듯이 글로 옮겼습니다.

미니는 자신을 이해해주고 소통이 되는 사람에게는 그 만큼을 보여줍니다. 그렇지 않은 사람에게는 소위 심한 떼를 씁니다. 자신이 원하는 것을 자기 나름 얻어내는 방법이란 것을 알았을 때, 그 아이의 기본 지능과 생존 지능이 상당히 높다는 것을 알았습니다. 제가 이 글을 쓰게 된 계기입니다.

미니는 아주 화가 나지 않으면, 자신의 생각을 제대로 표현해내지 못합니다. 그래서 일상의 대부분을 침묵합니다. 그냥 듣기만 합니다.

사교적인 대화에 익숙한 사람들이 자신도 모르는 사이에 쉽게 다른 사람들을 도마 위에 올려놓고 칼질하는 것과 대조적입니다. 이런 특성도 미니를 모델로 글을 쓰고자 했던 이유입니다.

미니는 태생적 한계로 인해 그런 사람들과 거리가 멀고, 하여 자신의 순수함을 더합니다.

이런 아이러니는 인간 삶에 대한 본질적 질문을 하게 합니다.

그러는 중에, 우리는 어떻게 살아야 하는가?, 라는 우직한 질문이, 우리는 왜 살아야 하는가?, 라는 지적인 고뇌보다도 더 근본적일 거라는 생각도 했습니다.

미니를 바라보다 보면, 끊임없이 꿈꾸고 이루려하고 쌓으려하는 사람들의 모습이 허영에 찬 바벨탑 자체라는 생각도 하게 됩니다.

나이 들어 결국 인간에게 주어진 것이, 남은 삶 동안의 시간밖에 없는 지점에 이르렀을 때, 미니의 삶과 끝없이 추구해 온 사람들의 삶은 그 무게가 같아질 것입니다. 우리가 추구해야 할 삶의 진실이 무엇일지 고민해 봐야 하는 이유가 여기에 있습니다.

저는 이 책을 통해 장애인에 대한 인식 제고와 같은 거창한 것을 꿈꾸지 않았습니다. 그냥 한 인간에 대해 쓰고 싶었습니다.

내성적이지만 사람들을 그리워하고, 겉으로는 강해 보이지만 마음은 약한, 내유 외강형 한 아이를 그리고 싶었습니다.

장애 아이에게도 내유 외강형이니, 외유 내강형이니, 좌뇌형인지, 우뇌형인지, 어떤 방면에 특별한 능력을 갖고 있을까, 와 같은 인간에 대한 기본적 생각이 모두 적용된다는 것도 보여주고 싶었습니다.

그리고 우리 삶의 궁극적인 나침반이 어디를 향해야 하는지, 지금 어디로 가고 있는지 살펴보기를 바랐습니다.

거목도 아닌 관목 밑에 있어 제대로 보이지 않는 제비꽃 같은 한 장애아이의 일상을 통해 여러분 모두 좀 더 행복해지시기를 바랍니다.

2019년 5월 지은이

차 례

1부. 나도 생각할 줄 알아

나도 생각할 줄 알아

"나는 싫단 말이야! 싫다고!"

5분여 전, 이마트 옆을 지나오면서 시작된 엄지손가락 물기가 어떤 힘을 만들어냈는지 분당서울대병원 가까이에 이르자 미니 입에서 툭, 말이 튀어나왔다.

"싫다고? 미니야, 지금 말한 거니? 싫다고 말을 한 거야?"

허스키한 목소리로 두 눈에 있는 힘, 없는 힘을 다 쥐어짜 담고는 '어이! 어이!' 라며 악을 쓰던 미니가 같은 목소리 톤으로 대답을 했다.

"어!"

딩동! 미니네 집에 처음 갔던 날, 내가 누른 초인종에 찰칵, 하는 소리와 함께 현관문이 열렸었다. 굳이 확인하지 않아도 어떤 기계적 조작에 따라 자동으로 문이 열렸음을 알 수 있었다.

안녕하세요? 현관문 입구에서 보이지 않는 사람을 향해 인사했다. 거의 동시에 어서 오세요!, 약간 허스키한 목소리가 현관문 쪽으로 다가왔다.

또 다시, 안녕하세요? 웃는 낯으로 인사하며 쳐다보니, 170센티미터를 넘을 것 같은 큰 키에 바싹 마른 호리호리한 여자였다.

제가 엄마예요. 우리 미니, 보시겠어요? 미니 어머니는 통상적인 긴 인사 대신 바로 내가 그 집에 간 주요 이유인 미니에게로 나를 데려갔다.

커다란 거실 옆의 방, 퀸 사이즈 정도 되는 침대 위에서 조그마한 아이가 엄마 도움을 받아 상체를 일으켰다.

짧은 커트 머리에 열네 살쯤 되어 보이는, 하얗고 투명한 얼굴에 바싹 마른 아이였다. 조그마한 몸체에 비해, 아이의 다리를 완전히 감싸고 있던 핫팩 모양의 하얀 무릎 치료기는 너무나 커 보였다.

미니야, 새로 오신 선생님이야. 미니 어머니는 나를 돌아보며, 미니가 내성적이에요. 낯가림을 많이 해요, 라고 했다. 아이가 나를 살갑게 대하지 않아도 이해해 달라는 말이겠지.

얘는 주로 이렇게 내려와요. 어머니는 미니를 엎드리게 한 다음, 미니야, 이제 내려와 봐!, 하더니 근처에 있는 워커를 끌어다 침대 옆에 가까이 대 주었다. 미니는 엎드린 채 침대 위를 기더니 워커가 있는 쯤의 방바닥에 두 다리를 툭 떨어뜨려 내려왔다. 키가 150센티미터쯤 되는 아이였다.

아이는 워커의 양쪽 손잡이를 잡은 후 두 발을 조금씩 옮겨 자신이 원하는 방향을 잡고 걸었다. 한 걸음씩 걸을 때마다 발뒤꿈치를 든 채 앞 발바닥에 힘을 모아 까치발을 하고 걸었는데, 앞으로 구부러진 두 무릎이 부딪히며 무릎 아래 다리들이 여덟팔자를 만들어냈고, 동시에 양 어깨는 오른쪽으로 왼쪽으로 쏠림이 심하게 나타났다. 걸음걸이가 다리 힘에 의존하는 것이 아니라, 팔과 상체 힘에 의존한다는 표현이겠지.

거실 내, 어머니가 표현한 소위 등받이 없는 딱딱한 쿠션형 '벤치'라는 곳에 미니가 앉았다. 가만히 앉아있지 못하고 앞뒤로 움직이는 안락의자처럼 몸을 앞뒤로 계속 흔들흔들했다. 그때마다 두 팔은 나비처럼 너울거렸고, 투명한 피부 속에 투명한 유리알처럼 박힌 미니의 크지 않은 두 눈은 자기 집에 새로 온 낯선 이방인을 안 보는 척 앞을 향한 채, 약간은 사시의 시선으로 곁눈질하며 살폈다.

"얘가 이래요. 그래서 아무 데나 앉히면 안 돼요. 뒤에 딱딱한 벽이 있으면 저러다 쿵, 하고 머리를 다칠 수 있거든요."

"미니, 말은 언제 하나요?"

"저게 말하는 거예요."

그때 미니는 '우우우' 내지는 '어어어' 하며 입을 약간 벌린 채 뭐라뭐라 옹알이 같은 것을 하고 있었다. 그러다 가끔은 구강과 혀를 이용해 '왝왝왝'이나 '골골골' 같은 장난거리 음향도 만들어냈다.

"미니, 말 못해요. 그래도 자기 빼고 우리끼리 얘기하면 삐져요. 양 엄지손가락을 번갈아 입으로 가져가선 물어대요. 어이, 어이 하면서요. 우리가 자기 얘기하면 본인도 아는지 좋아서 저렇게 하구요."

미니가 정말 엄마 말을 알아듣는지, 시선은 앞을 향한 채 자기가 앉은 벤치를 오른손바닥으로 쿵, 쿵 내리치며 신이 나는 표정을 했다.

"어, 우리 미니, 신났네."

웃는 미니의 얼굴은 아기 하회탈, 딱 그 모습이었다.

반달눈썹 아래로 두 눈은 더 반달을 이루고 있었고, 젖살이 빠지지 않은 아이처럼 동글동글한 두 뺨은 보조개가 패어 더욱 도톰해 보이는 입술과 함께 미소 짓는 둥근 보름달을 만들었다. 그 보름달 안에는 얼핏 보아 뾰족뾰족 덧니로 보이는 송곳니들이 귀여운 아기 코알라 치아를 만들며 세상 근심 없는 천진한 하얀 광채를 뿌렸다.

그런 미니였다!
지난 한 달여 동안 미니 집으로 출근하여 미니가 이동하는 집안 내 몇 군데를 간단히 청소하고 복지관 갈 준비를 마친 후 장애인복지콜택시, 일명 장콜을 타고 다니는 내내 보여준 미니의 모습, 오전 수업 중에 잠시 교실에서 데리고 나와 복도를 걸으며 운동시킨 후 다시 수업 마치기를 기다렸다가 복지관 식당에서 점심을 먹이고, 장애인 화장실에서 양치를 시키고 기저귀를 갈아준 후 다시 오후 치료를 위해 분당서울대병원으로, 동국대한방병원으로 이동하면서 보여준 모습, 병원 내에서 치료받으며 보인 모습이었다.
그동안 살짝살짝 미니가 사람들의 말을 왠지 알아듣는 것 같다는 생각을 조금은 했지만, 그래도 나의 뇌리엔, 애, 서너 살짜리 지능을 가진 아이예요. 나이만 스물세 살이지, 라고 했던 미니 어머니의 말이 박혀 있었다.
그랬기에 미니의, 나는 싫단 말이야!, 로 들린 표현은 단순한 음향이 아니었다.

자세히 들어야 말처럼 들리는, 얼핏 들으면 그냥 성대에서 나오는 화내는 음향으로 들릴 수도 있었지만.

"애는 엄청 이쁜데, 가끔 땡깡 부릴 때는 감당하기 힘들다 하더라고."

미니가 가끔 그 땡깡이란 것을 부릴 때마다 내게 미니를 소개해준 이의 말이 떠올랐고, 그래서인지 그냥 서너 살짜리의 투정이라 생각한 적도 있었다.

그런데 미니가 말을 했다. 말처럼 들리지 않았는지, 앞좌석에서 운전하던 기사는 못 들은 것 같았지만.

그런데 곰곰 생각해보니, 며칠 전에도 미니가 말을 한 것 같기도 했다.

점심때였다. 평시처럼 오후 12시 50분, 미니를 데리러 교실 앞으로 갔다. 미니와 같은 반의 다른 아이들은 교실 내 사회복지사 선생님들과 자원봉사자들의 도움으로 밥을 먹지만, 미니는 밥을 먹이는 것이 까다로워 활동보조인과 함께 복지관 식당에서 따로 먹기 시작했다 한다.

휠체어에 앉은 미니를 일으켜 세워 워커로 걸리고, 나는 미니가 앉았던 휠체어를 오른 손으로 끌고 왼손으로는 미니가 끌고 있는 워커를 붙잡고 엘리베이터를 이용해 아래

층 식당으로 내려갔다. 교실은 지상 1층에, 식당은 지하 1층에 있었다.

덮어 놓은 식판을 여니, 내가 미리 잘라 놓은 반찬들과 물에 미리 씻어 놓은 김치가 보였다. 찬밥을 먹지 않는 미니를 위해 밥을 담은 보온통도 있었다. 워커에서, 꼬리뼈가 유난히 긴 미니를 위해 특수 제작된 휠체어에 다시 옮겨 앉은 미니가 배가 고팠는지 내가 미니 가방에서 조미김이랑 치즈를 꺼내는 사이 난리가 났다. 엉덩이를 들썩들썩 하더니, 큰 소리로 어이! 어이! 했다. 목소리로 보아 미처 밥을 주지 않는 것에 화가 난 모양이었다.

"얘, 성질 장난 아니에요. 지가 원하는 것 미처 안 해주면, 난리 나요."

미니 어머니의 말이 그대로 맞아떨어졌다.

화를 내느라 벌게진 얼굴에 힘을 준 두 눈, 입으로 엄지손가락을 물어뜯느라 손가락과 입가는 침 범벅이었다.

그런 미니에게 비닐장갑을 끼고 밥을 김에 싸 손으로 입에 넣어줄 때였다.

얼마나 화가 났는지 밥이 입에 들어가자마자 송곳니를 앙! 다물어버렸다. 내 손이 물렸다. 그러더니, 자신도 놀랐는지 큰 소리로 짧은 외마디를 냈다.

"미안!"

그때 쇳소리가 많이 섞인 그 외마디가 말이었다면 분명 '미안!'이었다. 자신도 모르게 내 손가락을 물어서 미안하다고, 미니의 얼굴에는 그렇게 씌어 있었다. 손가락이 좀 얼얼했다.

"밥 먹일 때 조심해야 해요. 얘가 물면 아파요."

미니 어머니는 나와 며칠 동안 같이 다니며 미니에 대해 일러줄 때, 그렇게 말했었다.

미니의 그 표현들이 음성이든 음향에 가까운 것이든, 미니는 자신의 의사를 분명 표현했다.

그렇다면, 미니는 생각을 한다는 말이 아닌가!

서너 살짜리 지능을 가진 아이? 서너 살짜리로 보이는 그 껍데기 속에 분명 미니의 또 다른 모습이 숨어 있는 게 아닌가!

서울대병원 입구에서 이백여 미터가량 차들이 장사진을 친 차도에서 빨간 신호등에 계속 걸리자 미니의 그 땡깡은 더 심해졌다. 예전 활동보조인은 그 지점쯤에서 미니 손에 억지로 장갑을 끼웠다고 했다. 손이 상하는 것을 조금이라도 막으려고. 손을 심하게 물어뜯어 염증이 생겼고, 지금도 그

딱지가 양 엄지손가락과 그 주변에 다닥다닥 붙어있다.

　미니의 행동에 기사 아저씨가 점점 당황해했다.
　나는 무슨 말이든 해야 할 것 같아 미니 어머니에게서 들은 말을 두서없이 해댔다.
　"미니가 신호등에 오래 걸리면 싫어한대요. 차가 밀리거나 해도요."
　"엄마 차 타고도 저래요?"
　"네, 자신이 탄 차는 가만히 있는데, 옆 차선의 차가 지나가기라도 하면 막 자신에게 달려드는 것 같나 봐요. 반대편 차선에서 오는 차들을 봐도 그런 느낌이 드나 봐요."
　"얘, 교통사고 났었어요?"
　"교통사고까지는 아니지만, 미니 어머니가 급한 나머지 안전벨트를 채워주지 않고 출발한 적이 몇 번 있었대요. 그러다가 앞 차가 급정거하는 바람에 미니 어머니도 급브레이크를 밟은 적 또한 몇 번 있었는데, 그때 미니가 그 느린 행동으로 이렇게 어! 어! 하면서 천천히 앞으로 고꾸라졌었나 봐요. 부랴부랴 깜박이를 켜고 뒤에 오던 차들이 죽 늘어선 상태에서 미니 일으켜 세워 안전벨트 채우고 그랬었대요. 몇 번이나."

기사는 아무 대꾸도 하지 않았다. 이참에 나는 한 술 더
떴다.

"그리고 미니가 백미러를 보는 것 같아요."

미니가 사람들이 생각하는 것만큼 지능이 떨어진 아이가
아니란 걸 보여주고 싶은 마음이었기는 한데, 실제로 그 순
간 미니는 창문 쪽으로 등을 돌려선 옆 차선의 차가 지날 때
마다 깜짝깜짝 놀란 표정으로 어이! 어이! 하는 거였다. 도대
체 어떻게 차가 지나가는 것을 아는 거지? 안 보이는데.

그러니, 미니가 백미러를 보는 것 같다는 내 생각이 틀린
것은 아니었다.

안절부절 못한 내가 미니를 나름 변호한답시고 이것저것
아무 말이나 늘어놓는 사이, 기사가 백미러를 접었나 보았다.

병원 입구에서 차선을 꺾어 본관 입구 쪽에 다다르자 기사
는 화난 목소리로 말했다.

"백미러 접었다구요. 그런데도 저러니. 자꾸 저러면 우리
도 센터에 신고할 수밖에 없어요. 사정은 이해하지만 안전이
우선이니……."

기사가 말끝을 살짝 흐린 후 다시 말문을 열었다.

"우리가 신고를 안 해서 그렇지, 여러 명이 신고해 봐요.
쟤, 장콜 못 타요."

22

미니의 행동이 기사들을 불안하게 하고 안전문제를 일으킬 소지가 있다는 말이 틀리지는 않은 상황이었다.

여전히 땡깡 부리는 미니를 차에서 내려 워커로 이동시키려 할 때 들려 온,

"얘가 아무래도 여기 오기 싫어하는 것 같아요."

기사의 말이 가슴팍에 꽂혔다.

금요일마다 만나는 미니의 작업치료 담당 선생님도 말했다.

미니가 예전에는 여기 올 때마다 손가락 물어뜯고 장갑 물어뜯어, 이빨과 입가에 장갑 털이 묻어 있고, 난리가 아니었어요.

본관 입구를 지나 로비를 가로질러 운동치료실까지 워커를 끄는 미니는 고개도 들지 않고 평시의 느린 걸음에 비해 거의 초스피드로 걸었다. 거의 개미 목소리로, '흐으으! 흐으으!' 느껴 울먹이는 소리를 내며. 자기 나름 싫다는 의사 표현을 하며, 군중 속을 그야말로 적진을 가로지르듯 헤치며 지나갔다.

엄마와 집 주변을 산책하거나, 나와 함께 복지관 복도를 걸을 때의 두리번거리며 싱긋싱긋 미소 짓는 여유는 전혀

없었다.

　미니는 왜 이 병원에 오는 것을 싫어할까?

　"얘가 뭐 알아요? 그냥 차 밀리고, 성질 급하고 하니 그
렇지."

　미니 어머니는 그렇게 말했었다.

2부. 엄마는 너무 힘들어

엄마는 너무 힘들어

"말도 마세요. 손 물어 뜯구요, 난리 났었어요."

미니, 지난 주말, 잘 지냈어요?, 미니 월요일 치료 담당 선생님이 치료를 시작하며 물어보자 미니 어머니는 그렇게 답했다.

미니의 월요일 오후 치료는 삼십 분간 자전거를 탄 다음 삼십 분간 경직된 오른쪽 등과 다리를 치료사가 손으로 마사지하며 풀어주는 것이다. 미니는 이 치료를 받을 때 고통스러워하며 엄지손가락들을 물어뜯기에, 자전거 타기가 끝날 즈음 미니 어머니가 병원에 도착하여 나와 함께 미니의 양손을 하나씩 붙든다.

제가 정말 힘들거든요. 얘가 저희 부부를 꼭 닮아서 성격이 정말 급해요. 미처 안 해주면 온 동네가 떠나가라고 소리를 지르며 악을 써대요. 얘를 제가 아침 8시에 깨워요. 그 시간부터 밤 11시 잠들 때까지 잠시도 숨 돌릴 틈이 없어요. 활보 선생님께 맡기는 여섯 시간이 유일하게 제 쉬는 시간이에요.

미니 어머니가 웃으며 늘어놓은 반 넋두리는 사실이다.

그 여섯 시간 동안 제가요, 아파트 헬스장에 가요. 러닝머신 타고, 자전거를 타요. 집에서 매일 요가도 하고 그래요. 미국산 종합 영양제를 하루에 한 움큼씩 먹어요. 예전에 한약을 먹다가 미니 복지관 담임선생님이 소개해 주셔서 그 영양제를 먹는데요, 정말 몸이 달라요. 그리고 오늘은 야탑에 있는 한의원에 가서 침도 맞고 왔어요.

"그런데 미니가 왜 그랬어요?"

"제 남편이 토요일에 미니에게 눈치 없는 말을 했어요. 미니 보고, 며칠만 어디 갔다 왔으면 좋겠다구요. 솔직히 미니가 며칠만 어디 갔다 오면 제가 좀 살 것 같겠어요."

그 다음이 궁금해진 나는 그래서 어떻게 됐냐고 물었고, 미니 어머니는 뭐, 어떻게 돼요? 난리도 아니었죠, 라고 답했다.

"우리 미니가 또 동네 챙피하게 악을 쓰면서 아빠한테 대들었어요."

"미니가 대들어요? 어떻게요?"

"눈 동그랗게 뜨구요, 아빠를 요렇게 빤히 쳐다보면서요, 손 물어뜯으며, 어이! 어이! 했어요."

나는 순간 미니의 대드는 모습이 연상돼 한참을 웃었다.

"저는 애 듣는 앞에서 그게 무슨 소리냐고 했어요. 그랬더니, 이 양반이 기가 좀 죽더라구요. 그러면 좀 가만히 있을 것이지, 그래도 사실인데, 뭐!, 이러는 거예요. 내가 참, 제가 이래서 늙어요."

손 물어뜯고 난리 났던 토요일 다음날 미니는 황당한 애교를 떨었단다.

"그런데, 얘가요, 일요일 저녁 먹을 때, 저한테 먹으라고 숟가락을 밀었어요. 그치, 미니야?"

미니가 서서히 힘들어하는 기색이 보이자, 미니 어머니는 미니 기분을 돌리려는지 다른 말을 꺼냈다.

"그게 무슨 말이에요?"

"저희는 밥을 먹을 때 미니부터 먹이거든요. 그러다 지가 배부르면 숟가락 들고 있는 제 손을 이렇게 밀어요. 제 쪽으로요, 이제 저 먹으라고."

미니 어머니는 그 말을 하며 웃었다. 나도 치료선생님도 같이 웃었다.

치료가 힘들어서인지 벌게진 얼굴에 조그만 입을 귀엽게

헤 벌리고는 '아! 으으!' 연신 소리 지르며, 또 손을 물려고 엄마와 내게 잡힌 자기 손을 엄청난 힘으로 미니는 잡아당겼다.

지난 밤 샤워를 하고 미처 다 마르지 않은 상태에서 잠을 잔 까닭에 아톰처럼 뻗친 오른쪽 머리는 미니와 정말 잘 어울렸다.

힘든 시간을 잘 참고 있는 미니를 갑자기 칭찬해 주고 싶은 생각은 그 순간 왜 들었을까.

"그러고 보니, 며칠 전에 미니가 제 팔을 잡아 주었어요."

"미니가 팔을요?"

양 손 모두 엄지와 검지손가락을 제외하고 거의 경직된 미니가 내 팔을 잡아 주었다니, 두 사람이 놀라는 것은 이상한 일이 아니었다.

"지난주 목요일이었어요. 점심 먹고 양치를 해 주는데요, 미니가 저를 쳐다보더니 양치질하는 제 손목을 잡더라구요. 그래서 같이 양치했어요."

"왜 그랬을까요?"

"아마도 그날 제가 좀 피곤해 보였나 봐요."

미니가 도와줘봤자 얼마나 도움이 되었겠는가마는, 그날 미니가 경직된 그 조그만 손으로 내 손목을 잡고 같이 양치하던 순간, 나는 정말 행복했었다. 녀석 표정은 분명, 내가 도와줄 게, 힘들지 마!, 이런 말을 했으니까.

그러고 보면 내가 미니를 도와주는 건지, 미니가 나를 행복하게 하는 건지는 잘 모르겠다. 미니 가족도 마찬가지 아닐까? 미니를 위해 가족이 희생하는 것일까? 그 가족을 위해 미니가 그 힘든 시간을 참으며 살아가는 것일까?

미니 어머니는 미니 때문에 친구들을 거의 만나지 못한다고 했다. 미니 때문에 부동산이고 주식이고 관심을 가질 틈이 없다 했다. 그래서 남들만큼 돈도 못 모았다고.

하지만 그래서 쓸데없는 데 돈 날리지 않고 엉뚱한 생각하지 않으면서 지금껏 살아온 것이 아닐까? 마치 미니가 희생양이 되어 그 가족의 등대 역할을 하는 마냥.

치료 마치고 미니 어머니 차가 주차된 지하 주차장을 향해 셋이서 병원 통로를 걸었다. 물론 미니는 워커를 끌고.

"그런데요, 미니 어머니, 미니가 사람들 말을 알아듣는 것 같아요. 어머니가 생각하신 것과 좀 다른 것 같아요."

"왜 그렇게 생각하세요?"

"오늘요, 아침에 저희가 장콜을 불러 놓고 늦었잖아요."

"기사분, 화가 많이 나셨죠? 죄송해서 어쩌죠?"

"그 기사분 그럴 만하시더라구요. 저희에게 오기 전에 민원이 들어왔나 봐요. 어떤 손님이 저희처럼 늦어 그 분 데려다주고 다음 손님께 갔는데 좀 늦게 도착했대요. 그랬더니, 바로 센터에 전화했더래요."

"사는 게 정말 힘들어요. 그죠?"

"그런 일이 있은 직후라 그런지, 저희들이 늦으니까 화가 나셨나 봐요. 그런데요, 미니가."

나는 거기까지 말하고는 웃음을 참지 못한 채 웃어버렸다.

"미니가 왜요?"

"미니가 오늘 택시 안에서 엄청 어이! 어이! 하면서 손가락 물고 화를 냈어요. 빨간 신호등에 걸리거나 하면요."

"미니는 늘 그런데요."

"그게 아닌 것 같아요. 어떤 때는 안 그러거든요. 오늘 갑자기 든 생각은요, 저희가 늦었다고 뭐라 하시는 기사분들께 미니가 주로 그런다는 생각이 들어요. 자기 나름의 대응인 셈이죠."

"그럴까요?"

"왠지 그런 것 같아요. 그러니 미니가 들어서 기분 나쁠 말은 하지 않는 게 좋지 않을까 하는 생각이 들어요."

차에 시동을 거는 미니 어머니께 물어보았다.

"제가 경기광주 쪽 장애인 단기 체류가 가능한 곳을 알아볼까요?"

"아, 아니에요. 저는 그냥 낮에만, 주말 낮에만 맡기고 싶어요. 아, 아니에요. 저는 우리 미니 절대 남한테 못 맡겨요."

에궁, 미니 어머니, 말씀하신 내용이 얼마나 모순되는지 아세요?

나는 미소 지으며 속말을 했다.

3부. 엄마가 없으면 두려워

엄마가 없으면 두려워

"미니, 감기 몸살기가 있네요."

"어제 오후까지는 괜찮았는데, 갑자기 왜일까요?"

"그러게요. 얘가 꼭 이래요. 제가 어디 갈 일만 생기면 꼭 이런 일이 있어요. 그래서 내가 꼼짝하지를 못해. 이건 무슨 조환지."

미니 어머니는 오트밀 죽을 먹이려 했으나 먹이지 못한 채 주방으로 가며 한숨을 쉬었다.

미니를 돌보는 한 주의 마지막 근무일인 금요일. 아침 9시 30분경, 미니 집으로 출근하니 미니는 소위 스탠딩이라는 기구에 서 있었다. 똑바로 설 수 있도록 도와주는, 기립기라고도 불리는 치료 기구이다.

현관문에 들어선 나를, 손톱을 물어뜯으며 멀거니 고개를 든 채 조그만 눈으로 쳐다보는 미니의 얼굴에 힘이 없었다. 내가 도착하면 스탠딩 줄에 묶인 몸을 앞뒤로 흔들고 손바닥으로 스탠딩 상판을 탕탕 두들기며 좋아하던 평시의 미니가 아니었다. 손을 씻고 다가가보니 이마에 미열까지 있었다.

그래도 아침 인사는 해야겠는지, 그 느린 몸짓으로 오른손을 들어 내 머리를 자기 쪽으로 잡아끌었다. 그러고는 자신의 이마에 내 이마를 콩! 하고 대었다. 가끔은 콩콩콩 하고 이마를 대었다 뗐다 하지만, 오늘은 힘이 드는지 그냥 가만히 이마를 댄 채 있었다.

미니는 그렇게 아기 때에 엄마 아빠와 교감했던 인사를 지금까지도 이어왔다. 내성적인 까닭에 처음 만난 지 일주일쯤 후부터 미니는 그 방법으로 나와 아침 인사를 했다.

그냥 가까이 다가가 '안녕!'이라고 인사하던 내게 미니가 자신의 이마를 콩! 대던 날, 아마도 미니가 내 삶에 한 발자국은 더 가까이 다가오지 않았을까?

어떤 날은 빨리 미니 방 침대를 정돈하려 미니에게 후다닥 이마 콩 인사를 하고 고개를 돌리려는 순간, 삼각형이 된 미니 눈이 보였다. 젖살이 빠지지 않은 양 볼은 뽀로통하니, 불만이 있어 보이는 입과 보조개 위에서 팽팽해 있었고, 고개는 살짝 돌려져 있었다. 삐진 것이다.

촉이 빠르고 예민한 미니가 후다닥 빨리빨리 일하려는 마음만 바쁜 내게서 그 순간 따뜻한 교감이 아니라 차가운 일 생각을 읽지 않았을까.

미니의 실망했을 마음을 생각하며 내가 발돋움을 하여 미니 이마에 콩 인사를 했다. 마음속으로 미안해, 미니야!, 사과하면서. 그때도 미니는 스탠딩 기구에 서 있어, 방바닥에 발을 딛고 있던 나보다 키가 컸다.

그날부터 나는 미니와의 아침 인사에 정성을 기울였다. 미니가 부여하는 의미 만큼인지는 몰라도.

도대체 일은 누구를 위하여, 그리고 왜 하는 건가? 인간과의 교감을 등한시 한 채 하는 일이란 어떤 의미가 있을까?

그날 미니는 내게 그것을 생각하게 했다.

"그렇다고 울 엄마 수술하는 날인데 안 가 볼 수도 없어요."

"그런 얘기 어제 밤에 미니 듣는 데서 하셨어요?"

"당연하죠. 남편과도 얘기하고 여기저기 전화 통화도 했죠."

"예전에도 멀리 떠나야 할 일이 있을 때, 미니가 오늘처럼 이랬나요?"

"네, 늘 이랬어요."

미니만큼이나 힘이 없는지 미니 어머니 입에서 나온 '네'라는 단어가 유달리 긴 꼬리를 날렸다.

"혹시 미니가 엄마 말을 알아들은 건 아닐까요? 그래서 미리 아픈 건 아닐까요? 엄마가 없는 것에 대한 두려움 때문에요."

"그럴까요, 과연? 서너 살짜리 지능인데요."

오늘은 미니 외할머니가 무릎 인공관절 수술을 받는 날이다. 미니 어머니는 딸로서 최소한 수술 마치고 나온 어머니 모습이라도 보고싶어 했다.

"그 수술을 강동구에 있는 보훈 병원에서 해요."

그 말을 꺼내며 미니 어머니는 내 눈치를 봤다. 평시보다 낮은 톤의 긴 설명이 이어질 기미였다.

"제가 미니, 복지관으로 떠난 후 부랴부랴 떠났다가 잠깐 얼굴만 보고 온다 해도, 미니가 오후 치료 마치고 집에 올 때까지 돌아오지 못해요. 한 시간 정도 늦을 것 같아요. 죄송하지만 오후 작업치료 마치고요, 장콜 타고 집에 와서 우리 미니, 침대에 좀 눕혀 주실 수 있을까요?

힘이 없이 길게 늘어놓는 말 속에 난처한 미니 어머니의 입장이 묻어 있었다.

"그냥 무릎 치료기만 해 주시면 돼요. 바쁘시면 거기까지

하신 후 가셔도 돼요. 미니가 침대 끝에 매달려서라도 30분 정도는 있거든요. 그러면 제가 곧 도착해요."

"아니에요. 오늘 시간 많아요. 그냥 오실 때까지 있을게요."

이 사회 안에서 기 죽을 사람은 아니지만, 장애인을 자식으로 둔 부모이기 때문일까. 미니 어머니에게서 을의 감정이 느껴졌다.

미니는 장콜이 집 근처에 도착한 후 문이 열리면서부터 본인이 내릴 때까지 울 것 같은 표정으로 두리번거렸다. 평시와 달리 엄마가 보이지 않아서일 게다. 워커를 끌고 12층 집으로 올라올 때까지, 틈틈이 양 엄지손가락을 이로 물어뜯으며 '어이! 어이!' 했다. 목에서 내는 소리로 보아 화가 단단히 났다.

그런 미니를, 미니 어머니가 준 열쇠로 문을 열고 들어가 집 안에서 쓰는 워커로 이동시킬 때였다.

미니의 화가 극도에 달하더니 흐느끼며 쇳소리를 냈다.

"엄마는 왜 없는 거야?"

장콜에서 내렸을 때는 화가 나도 뭔가 기대하는 바가 있었나 보았다. 그런데 혹시나 했던 집안에조차 엄마가 없었던 것이다.

그러고 보니 미니는 뭔가 화가 극에 달했거나 격해졌을 때 어느 정도 정확한 말소리를 만드는 것 같기도 했다.

혹시 미니가 말을 못하는 것은 말하는 법을 몰라서가 아니라, 성대 부분이 경직되어 있기 때문이 아닐까? 그래서 그럭저럭 제대로 말소리를 만들어 낼 때도 심한 허스키 소리가 나는 거고.

울어대는 미니에게, '미니야, 울지 마. 엄마가 오늘 정말 바빠. 미니에게 엄마가 소중하듯이, 미니 어머니에게도 엄마가 소중해.' 라기도 하고, '들었겠지만, 미니 외할머니, 오늘 수술하셔. 그러니 미니가 좀 이해해야지?' 라고도 하면서 위로라는 것을 하느라, 미니의 성대 경직 가능성은 아주 순간적인 생각으로 스쳐 흘러갔다.

그야말로 아파트 전체가 떠나갈 듯이 울어대는 미니를 침대 위에 굴려서 눕히고 무릎 치료기를 채웠다. 화가 가시지 않은 미니를 위해 미니 방에 있는 아이패드로 음악을 틀어주고, 주방으로 가 간식거리를 찾았다.

그러다 뽁뽁이가 눈에 들어왔다. 집안 사면 벽 하단 구석구석에 스카치테이프로 붙여져 있었다.

'아마도 집 안에서 휠체어를 끄는 미니를 위해 붙였나 보군.' 이란 생각과 함께 미니의 기분을 잠재울 기막힌 아이디어가 떠올랐다.

'미니 어머니, 죄송하지만 좀 쓰겠습니다.' 있지도 않은 미니 어머니를 향해 양해의 말을 중얼거리고, 주방 벽 구석에 있는 뽁뽁이를 가위로 잘라 미니에게 가져갔다.

"미니야, 이것 봐. 재미있는 것 보여줄 게."

나를 쳐다보지도 않는 미니 얼굴 앞에 뽁뽁이를 들이밀고, '이것 봐! 이것 봐! 재미있지?' 라면서 뽁뽁이 구멍을 손가락으로 콕콕 눌러 터뜨렸다.

소리에 민감한 미니가 관심 없는 척 쳐다보지도 않다가 뽁뽁이를 향해 팔을 뻗었다. '어머 관심이 있나 봐!' 나는 마침내 내가 생각한 아이디어가 통할 것 같다는 생각에 얼른 뽁뽁이 한 쪽을 잘라 미니 손에 쥐어 주었다. 내 손으로 미니 엄지와 검지손가락을 잡아 공기구멍을 터뜨려 주면서.

아뿔싸! 비상사태가 벌어졌다. 미니가 공기구멍을 터뜨리고는 비닐을 입으로 가져가지 않는가! 내가 미니에게 준 것은 크기가 작았다.

후다닥, 미니 입에 들어간 것을 정신없이 빼냈다. 다행히 뽁뽁이가 미니 입술 사이에 붙어있었다.

미니의 행동이 느렸으니 망정이지. 아니면 비닐이라 입술에 붙어서 망정이지.

그런데 입까지 가져가는 과정은 얼마나 재빨랐던지, 순간
이었다.

어쨌든 덕분에 미니는 울음을 그쳤다. 그 울음은 이제 뒤끝
흐느낌으로 변했다. 화도 가라앉고 슬픔도 사라졌지만, 뭔가
아직 속상함이 남아있다는 것을 상대방에게 계속 전달하고
파 만들어내는 인위적인 '흐으으!'.

미니에게 뒤끝이 있다는 것은 며칠 전 복지관 겨울방학 때
알게 되었다.

그날 미니 어머니는 어떻게든 미니가 똥을 누도록 하기 위
해 스탠딩에 세우고 싶어 했고, 미니는 휠체어에 앉기를 고
집했다.

미니는 대변을 이삼 일에 한 번씩 보는 데다 앉아 있을 때
는 보지 않는다. 또 미처 대변을 보지 않으면 스트레스가 가
중되는지 예민하게 화를 내는 까닭에 미니 어머니가 상당히
신경 쓰는 부분이었다.

그날도 대변을 본 지 삼 일째 되는 날이었다. 미니 어머니
는 어떻게든 대변을 보도록 할 생각이었는데, 그만 미니와
충돌을 한 것이다.

그런데 결국 미니가 이겼다.

"얘가 온 동네방네 악을 써요. 이 동네, 모르는 사람이 없

어요."

미니 어머니는 미니를 휠체어로 옮겨주면서 속상해했다.

"미니, 어려서 미국 있을 때 치료사들이 조언해 줬어요. 지금 안 고치면 커서 힘들다고. 그래서 얘를 방에 그냥 놔 둬 보기도 했어요."

"그래요? 그랬더니요?"

"그런데, 한 시간이 넘도록 울며불며 하는 거예요. 그냥 할 수 없이 제가 졌죠."

미니는 휠체어로 옮기고 나서도 화가 풀리지 않았는지 한동안 계속 화를 냈다.

마침내 미니 어머니는 '미니, 저 방에 가 있어.' 라며 휠체어에 탄 미니를 안방으로 데려갔고, 그것이 더 서러웠는지 미니는 더욱 더 울어댔다.

미니 어머니가 또 졌다.

"미니야, 엄마가 맛있는 것 해 줄 게."

어머니는 미니가 좋아하는 연어회덮밥을 준비하며 미니 쪽을 향해 큰 소리로 말했다.

미니가 '흐으으' 슬픈 듯 흐느끼며 거실로 나와 주방 근처를 맴돌았다.

그러다 재미있는 것이 내 눈에 띄었다. 삐진 듯한 표정을 지은 채 '흐으으' 하다가도, 요리를 하는 엄마를 슬쩍 곁눈질로 보고는 소리 없이 킥킥 웃는 것이었다. 동시에 휠체어에서 팔을 든 채 엉덩이를 들썩들썩했다. 웃음도 엉덩이 들썩거림도 소리가 나지 않았다. 그러고는 이내 삐진 표정으로 '흐으으'를 반복했다. 엄마보고 들으라는 듯이.

미니는 평상시 기분이 좋을 때 손으로 무언가를 치기도 하지만, 엉덩이를 들썩이기도 한다.

그때 알았다. 미니가 기분이 다 풀렸을 때도, 상대방에게 자신의 감정을 어떻게든 반복해 전한다는 것을. 미니 어머니는 그것을 '뒤끝 작렬이에요.' 라고 표현했다.

글쎄, 이유가 뒤끝 작렬일 뿐일까? 언어를 통한 소통이 어려운 이가 상대방에게 어떻게든 자신의 의사를 전하기 위한 방법은 아닐까? 자신의 뜻을 모를까봐서.

뒤끝이든 의사표현이든, 미니는 어머니가 없는 이 상황에서도 또 다시 뒤끝 '흐으으'를 보였다. 미니가 그칠 때까지 나는 아무 말 없이 음악이 흘러 나오는 아이패드가 놓인 미니 방의 소파에 앉아 있었다. 그러다 미니가 나를 곁눈질로 슬쩍슬쩍 쳐다보는 것을 보았다.

"미니야, 미니도 지쳤지?"

나는 미니를 향해 피식 웃으며 한 마디를 던졌다.

미니도 그 말을 듣자마자 빵 터지듯 웃었다. '흐으으'가 순간, 웃음으로 변했다. 미니는 내 말 뜻과 의도를 단박에 읽어 낸 것이다.

"미니야, 이제 일어나자. 재미있는 것 보여줄 게."

미니를 거실 벤치로 옮겨 앉힌 후, 주방에서 비닐장갑을 찾아들고 미니에게로 갔다.

"자, 이것 봐!"

나는 비닐장갑을 쫙 펴서, 내 오른손의 손가락들을 마치 마술사가 마술을 부리듯 느리게 과장된 몸짓과 함께 하나씩 하나씩 끼웠다.

미니가 '끄아아!' 소리를 내며 아기 하회탈 웃음을 웃었다.

"미니도 해 보자!"

비닐장갑을 미니 손가락에 가까이 가져갔다.

이런! 미니가 늘 물어뜯어서 퉁퉁 부은 엄지손가락이 비닐 손가락에 들어가지 않았다. 미니는 웃으면서 슬슬 비닐장갑 입구에서 자기 손을 뺐다.

얼른 분위기 전환이 필요했다.

"미니야, 짠!"

식탁 위에 있던 바나나 송이에서 바나나 하나를 떼어 왔다.

또 다시 마술을 부리듯 느린 동작으로 '이것 봐, 미니야! 이 껍질, 노란색이지? 그런데 그거 아니? 바나나는 노란색이 아니라 하얀 색이란 걸. 잘 봐!' 라면서 껍질을 벗겼다.

미니가 활짝 웃었다.

조금씩 떼어서 입에 넣어주는 바나나를 미니는 행복하게 먹었다.

웃음이 집안을 가득 채운 후, 미니 어머니가 돌아왔다.

"미니, 바나나, 두 개나 먹었어요."

"어머, 우리 미니, 바나나 잘 안 먹는데!"

미니 어머니는 신기하다는 말을 반복했다.

그럼, 미니는 바나나를 먹은 것이 아니라 행복한 기분을 먹은 것인가?

4. 알고 보니

알고 보니

해가 바뀐 지 한 달이 다 되어간다. 미니는 이제 24살이다.

오후 치료가 없어 부담이 적은 수요일, 출근하니 미니는 거실 한 쪽에 비치된 손잡이용 하얀 철봉대를 잡고 서 있었다.

두 손으로 꼭 잡고 반듯이 서 있는 것이 아니라, 양 어깨를 철봉 위에 걸쳐 놓고 두 팔을 철봉대 너머 아래로 축 늘어뜨리고는 무릎을 살짝 구부린 채였다.

"애, 똥 좀 누게 하려구요."

미니는 다리 힘이 약해 두 다리에 힘을 주기가 어렵다. 워커 또한 팔 힘으로 끌고, 양치를 하거나 할 때면 세면대 옆 비누통이나 수도꼭지에 이마를 댄다. 그냥 기대는 것인데, 대체로 쾅 소리가 난다.

처음 미니를 만났을 때, 미니 어머니는 그 모습을 두고 '얘가 이래요. 이럴 때는 자폐아 같아. 이마가 남아나질 않아. 이것 봐요!' 라며 미니의 움푹 파인 이마를 보여 주었다.

미니 어머니가 속상한 목소리로 '그러지 마, 미니야.' 하자, 양치를 하기 위해 서 있던 미니는 어깃장이 났는지 아예 이마를 쾅쾅쾅 수도꼭지에 세게 박았다.

나도 그런 줄로만 알았다. 미니가 이마를 쾅 하는 것이 자기 내면의 분노를 자폐적으로 보일 수도 있는 상황으로 표현하는 것인 줄로만 알았다.

미니를 돌보기 시작하면서, 복지관에서 점심을 먹이고 화장실에서 양치를 시킬 때 미니는 비누통에 이마를 쾅 박았다.

"어어, 미니야, 그러면 안 돼."

그러자 미니는 더욱 더 쾅쾅 박았다.

눈에 독한 힘을 주고 '어이! 어이!' 하면서 엄지손가락을 이빨로 물어뜯었다.

삼 주쯤 지났을까. 그 날에도 같은 현상이 있었다.

그런데 왜 그런 생각을 했을까? 그동안 내내 미니의 일거수일투족을 보면서 미니의 마음 한 구석을 따라가고 있었기 때문일까?

미니에게서 어떤 생각이 전해져 오는 것 같았다.

'나, 힘들어. 이 다리로 버티고 서 있기 힘들어!'

그 순간 마음이 짠해졌다. 미니에게 물었다.

"미니야, 지금까지 다리가 힘들어 그랬니? 다리로 버티기 힘들어 이마를 기댔던 거야?"

그러자 미니가 나를 향해 모기만한 소리로 '끄아아!' 환호하며 웃었다. 그냥 웃음이 아니라, 마치 '나를 이해해 줘서 고마워.' 라는 것 같았다.

"그랬구나, 그래서 그랬구나. 힘들었겠다. 그럼 살짝만 기대!"

내 눈동자 주위엔 눈물이 어리려 했고, 미니는 표정이 살짝 흐려졌다. 자폐아로 취급 받은 억울함 때문일까.

그날 반나절 일정을 마치고 오후 치료를 위해 이동하려고 접수한 장콜이 올 때까지 복지관 지하 1층 로비에 앉아 기다리면서 음악을 틀어줬다.

쇼팽의 야상곡들을 들으며 미니는 뭔가 서러운 생각이 났는지 슬픈 표정을 짓더니 방울진 눈물까지 보였다.

미니가 클래식 음악, 그중에서도 멜로디가 있는 클래식 음악과, 팬플룻 연주곡을 좋아한다는 것을 안 것도 그 즈음이었다. 미니의 이마 쾅 이유를 안 것보다 조금 빨랐다고 해야 할까.

미니의 소위 '땡깡'을 잠재우려 이것저것 시도해 보았었다.

나 또한 미니를 만나기 전에 하던 요양보호사 일은 요리와 살림을 잘 못해 능력이 부족했고, 예전에 보살피던 장애 아이는 잘 걷고 어느 정도 인지가 있던 경증 아이였던지라, 경증 환자만 돌볼 수 있는 활동보조인으로 낙인 찍히는 것은 싫었다. 내 영역을 넓히고 싶었다.

하여 미니 어머니도, 복지관에서 만난 몇몇 사람들도, 돌보기 힘든 아이라고 말하던 미니에게 활동보조인으로서의 내 능력을 시험해 보기 위해 온갖 노력을 기울였다.

그날도 장콜을 탄 우리를 빨간 신호등이 세웠다. 미니는 화를 내며 '어이! 어이!' 했다. 앞에도 차, 옆 차선에도 차, 미니와 내가 탄 차 뒤에도 차, 차들이 죽 줄을 서 있고, 반면 저 반대편에 서 있던 차들이 자유롭게 움직이자 더욱 화를 냈다.

미니의 '어이! 어이!'가 하루 이틀은 아니었지만, 난처해하던 나는 기사분의 기분을 혹시나 상하게 하지는 않을까 걱정되어 미니의 화난 소리를 상쇄시켜 줄 음악을 틀어주기로 했다.

스마트폰 앱에 저장된 음악들이 몇 곡 있었다. 설중화, 원스텝 포워드(One Step Forward) 같은 팬플룻 곡들이었다.

급한 대로 틀었다.

그런데, 기사분은 그저 묵묵히 앉아 있는데, 미니가 조용해지기 시작했다. '어이!' 하며 물어뜯던 엄지손가락을 입에서 내려놓고 검지손가락 손톱을 자근자근 씹기 시작했다. 가끔은 그 손가락 끝을 콧구멍 입구로 가져갔다가 다시 입으로 가져갔다.

조그만 눈에 콕 박혀 있는 검은 눈동자가 슬쩍슬쩍 곁눈질을 하며 내 휴대폰과 내 얼굴을 번갈아 바라봤다. 그 얼굴에 순간 느닷없이 평화가 찾아왔다. 왼쪽 팔꿈치를 차의 팔걸이에 올리고 아주 진지하게 음악을 감상했다.

그날도 하루 일을 마치면서 평시처럼 미니를 그 어머니에게 인도한 후 일상적인 대화를 했다.

오늘 미니, 어땠어요?, 밥은 잘 먹었나요?, 병원 갈 때 힘들지 않았어요?, 와 같은 질문이 나왔다.

"오늘요, 오후 병원에 갈 때 음악을 틀어줬는데, 덕분에 미니가 조용했어요."

"음악요? 어떤 음악이죠?"

"클래식 풍인데요, 세미 클래식이라 해야 할까요?"

아, 그래요?, 그날 대화가 끝나고 다음 날 출근하여 미니 어머니에게 물어봤다.

"어제 저녁에요, 어떤 음악이냐고 왜 물어 보셨어요?"

"미니 어렸을 때, 클래식 음악을 엄청 틀어 줬거든요. 클래식이란 클래식은 몽땅 다 틀어줬어요."

아, 그래요?, 뭔가 말할 수 없는 그러나 미니를 돌보기 위한 하나의 힌트를 얻었다는 생각이 내 안에 기쁘게 들어찼다.

그 후 아침에 미니 집에서 장콜을 타고 복지관으로 갈 때, 오후 치료를 위해 이동하기 전 잠시 쉬거나 장콜을 타고 병원으로 이동할 때, 치료 마치고 집으로 올 때 음악을 틀어 줬다.

미니가 좋아하는 곡을 선택하는 것은 어렵지 않았다.

미니는 자신이 좋아하는 곡이 나오면 행복한 표정으로 검지 손톱을 물어뜯으며 음악을 감상하거나, 자기만의 슬픔에 빠져 미간과 코, 입을 한 데 모아 우는 표정으로 '으으!' 이러며 음악을 들었다.

그러나 좋아하지 않는 곡이 나오면 가볍게 주먹을 쥐고 자기 이마를 톡톡 때리거나, 오른손을 입으로 가져가 펑! 소리를 내어 의사를 표현했다. '내 마음에 안 들어.'

미니는 시간대마다 좋아하는 곡들도 달랐다.

아침에는 바하, 오후에는 쇼팽, 귀가할 때는 팬플룻 곡, 이런 식이었다.

집에서는 늦은 오후 K팝을, 밤에는 이문세 곡과 같은 가요를 좋아한다는 말도 어머니에게서 들었다.

끝내 미니는 똥을 누지 않았다.

기저귀만 갈아주고 자전거를 타도록 했다.

철봉대 가까이에 실내에서 쓰는 워커를 갖다 놓아주면 미니는 그것을 끌고 자전거 있는 곳으로 갔다. 다리 힘으로 타는 것이 아니라 모터 힘으로 타는 자전거였다.

"저거라도 안 하면 바로 나타나요. 걷는 게 달라요."

뭐랄까? 강에 떠다니는 지푸라기 하나하나를 주워 집을 짓는 겪이랄까?

퇴보하지 않도록 미니 어머니는 늘 노심초사하며 바둥댔다.

"미니가 피곤한가 봐요."

자전거를 타는 미니가 웃지 않고 생기 없는 표정으로 오른손의 검지손가락을 이용해 자신의 눈을 자주 비볐다.

"미니야, 좀 누울래? 안 되겠어요. 5분이라도 눕게 해야겠어요."

그 5분간의 휴식을 위해 미니를 미니 방으로 데려간 후 침대에 눕히고 무릎 치료기를 채워줬다.

치료기를 다 채우자, 미니가 가볍게 주먹을 쥐고 이마에 콩

콩 하더니 어이! 했다.

"아구구, 이런! 카드를 잊어버렸군."

후다닥 미니 침대 옆, 서랍장 위에 있는 카드를 미니 손에 쥐어주었다.

미니는 언제 그랬냐는 듯 다시 얌전해졌다.

그 카드는 두꺼운 도화지 같은 것에 코팅을 한 손바닥만한 크기의 것으로, 한 면에는 꽃병 같은 그림과 함께 한글 단어명이 적혀 있었고 다른 면에는 영어 단어명이 적혀 있었다. 한 마디로 글자 카드였다.

미니는 침대 위에 누워 있거나, 미니 어머니 차나 장콜을 타고 이동할 때 그 카드를 손에 쥐어주면 좋아했다.

아마도 덜 심심하기 때문일 게다.

미니가 침대에 누워 있는 그 5분 사이에 미니 양치를 시켰다.

다른 날 같으면 자전거 타기가 끝난 후 욕실에 가서 미니를 세운 채로 양치를 해 줬다. 나는 양치를 시키고 미니 어머니는 스탠딩 시키듯이 미니 다리를 똑바로 세우고는 그 다리를 붙잡고 욕실에 쪼그려 앉았다. 양치하는 시간 동안마저도 미니의 다리를 똑바로 만드는 데 도움이 되도록 하기 위해서였다.

미니를 양치시키기 위해 먼저 해야 할 일은 일반 칫솔로 치아 사이에 낀 것을 제거하는 것이다. 그런 후 전동 칫솔에 치약을 아주 약간 묻혀 양치시키고 다시 일반 칫솔로 양치물을 제거한다. 칫솔을 여러 번 물에 씻어가면서.

오늘도 양치 컵 두 개에 물을 가득 받아 칫솔을 씻으며 양치시켰다.

"얘가 양치물을 뱉을 줄 몰라요. 자꾸 먹어요."

미니가 양치물을 먹지 않도록 하기 위해 미니 어머니가 고안한 최적의 방법이었다.

복지관에 가기 위해 나섰다.

미니 어머니는 미니에게 워커를 끌리고 나는 미니가 하루에 쓸 용품들이 들어있는 가방을 들고 엘리베이터에 탔다.

미니 어머니가 갑자기 생각난 듯이 말했다.

"참, 미니가 다니는 센터의 한 사람이 죽었대요. 들으셨어요?"

"누가요? 센터 직원이요?"

"아니요, 미니처럼 센터에 다니는 장애인이에요. 여잔데."

"어떤 사람요? 언제요? 왜요?"

다급하게 물었다.

"며칠 전 주말에요. 왜 죽었는지는 몰라요. 그 왜 있잖아요.

선생님도 보셨는지 모르지만, 키가 큰 아이예요. 그 엄마도, 활동보조인 선생님도 엄청 힘들어 했어요. 맨날 이 사람 저 사람 때리고 다니고, 이것저것 부셔서 그 아이 두 팔을 늘 붙들어 맨다고 하더라구요. 툭 하면 웃통을 훌훌 벗어던지고."

"아, 본 것 같아요. 키가 정말 크더라구요."

그 며칠 전 미니 운동시키려 센터 출입구에 갔다가 열린 문 틈으로 보았다. 미니가 오래 앉아 있으면 걸을 때 힘들어해서 센터에 입실한 후 한 시간 쯤 지나 미니를 잠시 데리고 나와 워커로 걷는 운동을 시키려 대기할 때였다.

키가 170센티미터는 훨씬 넘을 것 같은 여자 아이가 윗옷을 훌훌 벗어던지며 껑실껑실 뛰고 있었다.

그 아이가 죽었구나!

그 아이에 대해 더 이상의 말은 없었다. 할 말도 없었지만, 할 시간도 없었다. 엘리베이터가 어느새 지하 2층에 도착했고, 장콜 기사분이 눈이 빠지게 기다리고 있었으니까.

기사분이 미니 어머니 앞에선 아무 말 않다가, 막상 미니와 나를 태우고 출발을 하자, 약간 싫은 소리를 했다.

"5분 정도면 몰라도 10분이나 늦으시면……. 거기다 올라타고 출발 준비하고 하다보면 5분 정도 또 늦어지고……. 아예 15분 후 시간에 맞춰 접수를 하시던지……."

그때부터 미니 표정이 일그러지기 시작했다.

내가 음악을 틀어줘도 별 효과가 없었다.

차가 빨간 신호등에 걸리기만 하면 악을 쓰며 어이! 어이! 했다.

다른 차가 우리가 탄 장콜 앞에 끼어들어도, 두세 갈래의 차선이 한 차선으로 모아지면서 일시적인 병목 현상이 나타나는 곳에서도 어이! 어이! 했다.

신호가 파란색에서 빨간색으로 바뀌기 위해 일시적으로 주황색으로 변하자 기사분은 급정거는 아니지만 살짝 브레이크를 밟았고, 그때도 미니는 앞을 향해 어이! 어이! 하면서 엄지손가락을 물어뜯었다. 미니와 나는 기사분의 뒷좌석에 나란히 앉아 있었다.

그런데 확실히 집히는 것이 있었다.

기사분에게 일부러 그런다는 생각이었다.

월요일처럼 월요병으로 몸을 움직이기 귀찮아 복지관 가는 것이 힘들 때 그러기도 하지만, 올해 들어 복지관 프로그램이 작년과 달라져 미니의 기상 시간과 아침 일정이 앞당겨지면서 잔뜩 스트레스를 받는 데다, 미처 제 때 준비 못해 늘 장콜 접수 시간보다 늦어 기사분이 한 마디 할 때 그런다는 생각 말이다.

마치, 늦을 수도 있지, 운전이나 잘 해, 라면서 생트집을 잡는다고 해야 할까?

그런 생각이 들자 나는 고개를 돌려 피식 웃었다.

더 이상 미니를 말려봤자 소용이 없을 것이기 때문이다.

결국 내가 중재에 나섰다.

"실은 복지관 프로그램이 작년과 달라졌어요. 아침에 좀 더 일찍 일어나야 하는데, 그렇게 하니 미니가 많이 피곤해해요. 그래서 좀 쉬어야……."

"다 같이 사는 데 시간에 맞춰야지요."

기사분이 목소리를 높였다.

"미니는 우리들이 쓰는 시간 개념을 잘 몰라요."

순간 기사분의 화난 감정이 가라앉는 것 같았다. 나는 얼른 다음 말을 이었다.

"우리는 힘들어도 머리가 시키는 대로, 움직여야 할 시간에 움직이지만, 미니는 자신의 신체가 일러주는 생체 시간을 따르거든요."

"아, 그래요?"

기사분의 목소리에 힘이 빠져 있었다. 순간 뭔가 생각한 모양이었다.

나는 한 술 더 떴다.

"우리는 인간이 만든 인위적 시계를 따르잖아요. 그런데 미니는 보통 생명체가 따라야 하는 자연 시계를 따르는 것 같아요."

한 술 더 떴다기보다는 그냥 했던 말을 또 해버리는 느낌이라, 얼른 말을 얼버무리고 말았다.

잠시 장콜 안은 조용해졌다. 미니의 어이!도 조용해졌다.

한참 후 기사분이 미니를 돌아보며 연민 가득한 말을 했다.

"정말 피곤하겠다. 그래도 잘 적응해야지, 어떡하겠어?"

오후 12시 30분, 미니를 1층에 있는 주간보호센터에서 퇴실시켜 지하 식당으로 내려왔다. 새해부터 미니의 퇴실 시간이 20분 정도 빨라졌다.

복지관은 이용인들이 대체로 장애인들이다보니 신체가 불편한 사람들이 많다. 미니는 약한 다리로 인해 급정거가 어려워 잘못하면 다른 휠체어나 사람들과 부딪힐 수 있다. 특히 조심조심 간신히 걷는 이들과 쾅! 이라도 하면 정말 대형 사고가 날 수 있다.

하여 미니를 데리고 식당으로 내려오는 그 시간은 가장 힘든 업무 시간이다.

미니를 위해 창가 한쪽 식탁에 미리 준비해 둔 식판 있는 곳으로 갔다.

미니는 음식을 가리는 편인데, 미니가 먹지 않는 국수, 두부류와 장아찌, 깻잎, 샐러드, 분식류 등이 나오면 진짜 고민을 해야 한다. 연어회, 소불고기, 돼지고기, 생선, 동그랑땡, 미트볼 등이 나오면 정말 감사하다.

오늘은 다행히 소불고기가 나왔다. 미니 집에서 가져 온 조미김 한 봉과 체다 치즈 한 장을 꺼낸 후, 양 손에 비닐장갑을 끼고 밥에 소불고기를 얹어 동글동글 빚어서 미니 입에 넣어줬다. 소불고기 국물이 밥에 적당히 배었는지 맛있어 했다.

그러다가 미니 입가에 잘게 썬 불고기 조각이 묻었다. 장갑 낀 손가락으로 떼어줄까 하다가, 비닐장갑에 묻어 있는 불고기 국물이 입가에 묻으면 지저분해질 것 같아 숟가락을 손에 들었다. 그 숟가락으로 미니 입가에 묻은 음식 조각을 떼어내려는 순간, 미니가 눈에 독한 힘을 주고 어이! 어이! 하면서 손가락을 물어뜯기 시작했다.

휠체어에 앉은 미니 상체가 많이 흔들렸다. 화가 많이 났다는 뜻이다.

미니가 숟가락이나 젓가락 같은 철을 싫어한다는 말을 어머니에게서 들었기에 손으로 밥을 먹였는데, 입가에 묻은 것을 떼어낼 때도 숟가락 쓰는 것을 싫어하는 줄은 몰랐다.

미니가 화를 내는 동안 식당 안 모든 사람들 시선이 미니에게로 향했다. 자원봉사자 몇 분이 다가와 이유를 묻기도 했다. 그러나 다른 이들은 대체로 그런가보다 하는 듯이 평온하게 식사를 했다.

"저 분이 좀 까다로워요."

영양사 선생님이 언젠가 했던 말처럼 미니가 그 방면에서 좀 유명하기는 했었나 보았다.

1시쯤 되어 미니의 점심 식사가 끝났다.

식판을 반납하고 미니가 휠체어를 탄 채 텅 비어 가는 식당 한 구석에서 왔다갔다 하며 쉬는 것을 나 또한 의자에 앉아 쉬면서 바라봤다.

그런데 갑자기 미니의 울 것 같은 표정이 보였다.

아주 슬픈 눈으로 공중을 향해 얼굴을 들고 있었다. 벌겋게 상기돼 있었다.

20분 동안 쉬는 내내 그랬다.

쉬는 시간이 끝날 즈음 워커를 끌고 미니에게로 갔다. 휠체어에서 일으켜 세워 워커를 이용해 화장실로 가 양치를 시키고 기저귀를 갈아주기 위해서이다.

내가 가까이 가자 눈물로 촉촉한 눈을 하고 있던 미니가 느린 팔을 들어올려 내 머리를 자기 쪽으로 끌었다.

미니가 나를 끌어가 이마 콩! 하는 순간에 알았다. 미니에게 위로가 필요하다는 것을.

미니는 센터의 죽은 친구를 기억하고 있었던 듯했다. 죽은 친구와 함께 죽음이란 것을 생각하고 있었을 지도 모르겠다.

반나절 동안, 최소한 중식 시간 동안 그 죽은 친구에 대해 말하는 사람은 한 명도 없었다. 최소한 내 귀에는 들리지 않았다.

센터 내 사람들은 그냥 침묵했을 테고 다른 이들은 몰랐거나 관심이 없었을 게다.

이제 그 아이도 이 세상 편안히 떠났겠지? 미니의 위로를 받으며.

다른 날처럼 미니 양치시키고 기저귀를 간 후 지하 1층에서 램프 경사로를 이용해 지상 1층으로 올라갔다. 미니를 운동도 시키고 다음 날 복지관에서 사용할 휠체어를 센터 근처에 주차시키기 위해서였다.

그런데! 1층 가까이 다 올라가서 복도 옆 넓은 창문을 통해 보니, 주영이와 그 어머니, 센터 선생님이 센터 출입문 앞에 서 있는 것이 아닌가!

예전에 주영이는 특히 미니를 이뻐했다 한다. 미니에게 다가와서 머리를 쓰다듬고 좋아라 했다고. 그러던 어느 날부터인가 주영이는 미니에게 다가와 한 대 때리기 시작했다. 거의 후려때리기 수준으로, 하필이면 머리를 때렸다고.

그런 날이면 미니는 양 엄지손가락을 물어뜯으며 울고불고 했단다.

그 일로 인해 센터는 비상이 걸렸다. 매일 미니가 입실하는 오전 10시 30분경, 운동하기 위해 센터 내 교실에서 거실을 통과해 잠시 복도로 나오는 11시 20분, 그리고 10분 동안의 운동을 마치고 다시 입실하는 11시 30분, 식사와 오후 치료를 위해 퇴실하는 12시 30분, 이 시간에 센터 내 선생님들은 주영이를 미니와 부딪히지 않도록 숨기고 미니를 이동시키는 데, 거의 007작전을 방불케 한다고 했다.

나중에 팀장님이란 분은 주영이가 눈치가 빠하니 센터 입구에 있는 초인종을 누르지 말아 달라고도 했다. 시간 맞춰 자신들이 알아서 나오겠다고.

그런데 지금, 주영이가 턱 하니, 미니가 1층으로 올라가는 중에, 하필 센터 입구에 있는 것이다.

"미니야, 잠시만, 잠시만! 저기 주영이가 있어. 조금만 여기 서 있다 가자."

미니는 알아들었는지 못 알아들었는지 그냥 평시대로 그 경사로를 직진했다.

센터 내 미니 담임선생님께 정신 없이 문자를 보내고, 답을 기다릴 여유가 없어 전화를 했다. 미니를 10분만 램프 경사로에 세워 달라는 답변을 받았다. 그 사이 주영이를 미니가 있는 곳과 반대쪽 엘리베이터를 이용해 내려 보내겠다는 것이다.

'미니야, 미니야!', 미니의 워커를 세우려 했다.

그러자 미니가 복지관이 온통 울릴 정도로 화를 내며 어이! 어이! 했다. 어떻게든 앞으로 나아가려 하면서.

미니와 달리 주영이는 신체가 멀쩡해서 달려 나오면 감당이 안 될 수 있다.

그런데 미니를 못 이기고 결국 램프경사로가 1층 복도로 이어지는 출입문을 열고 말았다.

나와 같은 장애인재활센터 소속의 활동보조인 선생님이 눈에 띄었다.

"선생님, 선생님! 우리 미니 좀 부탁해요."

"왜, 선생님."

"지금 주영이란 아이가 나왔어요. 우리 미니를 보면 또 머리를 때릴 거예요. 후다닥 이것들만 맡기고 올 게요."

나는 고개를 돌려 시선은 주영이 쪽에 둔 채, 방석과 등받이를 손가락으로 가리키며 말했다.

"그럼 다시 램프로 내려 가."

"미니는 아래로 경사진 길을 잘 못 걸어요."

"그럼 후진 해."

"우리 미니는 후진을 못 해요!"

그렇다. 미니는 뒷걸음질을 못한다. 램프 경사로에 일단 올라서면 미니는 멈추거나 전진만 가능하다.

"어떡하지? 에따, 모르겠다. 미니야, 빨리 빨리, 이쪽으로!"

미니를 1층과 연결된 다른 출입문으로 데려갔다.

거의 정신 없이 미니를 독촉했다. 오로지 미니를 보호하려는 마음으로.

자동문을 열고 밖으로 나와, '미니야, 괜찮니?' 하자, 미니가 나를 돌아보며 환히 웃었다.

"휴, 다행이다. 이 상황에서도 웃음이 나오다니. 어쨌든 이해해 줘서 고마워."

잠시 거기에 서 있다가, 주영이가 지하로 내려갔다는 센터 선생님 말을 듣고 다시 복도로 들어섰다.

휠체어에 자물쇠를 채우고, 얼마인지는 기억나지 않지만 그 비싸다는 방석과 등받이를 센터에 맡긴 후 엘리베이터를

이용해 지하 1층으로 다시 내려오는 내내 미니는 '*끄아아!*'
환호하며 행복하게 웃었다.

　반나절의 일정 동안 미니의 머리를 보호했다는 자부심으
로 나 또한 뿌듯했다.

5부. 더 놀고 싶어

더 놀고 싶어

복지관 로비에서 음악을 들으며 여유를 부리다 오후 2시 30분에 미니 집으로 가는 장콜을 탔다.

오후 일정이 없는 수요일에는, 좀 더 사람들 사이에 있고 싶은 미니를 위해 사람들이 북적대는 복지관 로비에서 30분을 더 쉰다.

내성적인 까닭에 사람들이 '미니야!' 하고 불러도 늘 모른 척 얼음 공주 같은 미니지만, 늘 마음 안에는 사람이 그리운가 보다.

때때로 점심을 먹으러 식당에 내려오면 미니는 곧바로 휠체어에 타려 하지 않을 때가 있다.

내가 휠체어에 잠금 장치를 하고 미니를 옮겨 태우려 하면, 미니는 고개를 도리도리하며 워커를 끌고 식당 안 구석구석을 걸으려 했다. 식탁에 앉아 식사하는 사람들 사이를 누비며, 그 사람들 속에 자신도 함께 있음을 느끼고 싶은 것이다.

그럴 때 미니는 더 없이 환하게 미소 지으며 식사하는 사람들 얼굴 옆에 자신의 얼굴을 가까이 가져가거나, 식판을 내려다보고, 사람들 머리에 혀를 갖다 멜 때도 있다.

손이 느린 데다 양 손 모두 워커를 끌고 있는지라 혓바닥을 이용해 사람의 머리카락을 느끼는 것이다.

그럴 때마다 사람들은 화들짝 놀라거나 씩 웃으며 자신의 뒤통수를 손으로 쓸어보고 말지만, 가끔은 기분 나쁜 표정을 짓는 사람도 있다.

미니는 무슨 이유인지 머리카락을 좋아한다.

미니를 아침에 복지관으로 등교시키기 위해 미니에게 양말을 신기고 보조기를 채운 후 신발을 신길 때면 늘 미니는 양 손의 엄지와 검지를 이용해 내 머리를 잡아당긴다.

그것 또한 미니가 누군가를 향해 팔을 뻗는 것인지라 의미 있는 행동이라 생각해 딱히 제지하지 않았으나, 어느 날 미니가 그렇게 뜯어간 내 머리를 자신의 입에 반쯤 넣은 것을 보고 기겁하여 제지하기 시작했다.

미니 어머니는 자신의 머리를 상대로 그런 상황이 생기면, '미니야, 안 돼. 이 피같은 머리를.' 이라며 제지했다. 미니 어머니는 머리 숱이 적다.

어머니 말에 의하면 미니는 어릴 때부터 자신의 머리를 뽑아 먹기 시작했단다. 그렇게 해서 먹은 머리카락이 똥에 섞여서 나왔다나?

그 후부터 미니는 그 예쁜 긴 머리를 잘리우고 사내아이처럼 짧은 커트머리를 하게 되었다.

지금도 자신의 양 엄지와 검지를 이용해 자신의 머리를 돌돌 말곤 한다. 하여 조금만 머리가 자라면 어머니는 가차 없이 자른다.

그래서일까?

상당수 사람들은 미니를 보고, '참 예쁘게 생겼네.' 라고 말한 후, '남자예요? 여자예요?' 라고 물어본다.

'여자예요.' 라고 말해주면, 대체로 '머리를 좀 길러야겠네.' 라고 말하고는 입을 다문다.

그나저나, 미니가 왜 머리카락을 좋아하는 지는 아무도 모른다.

미니가 스물세 살 때 처음 만나 그 어릴 적 모습을 모르는지라 미니에 대한 선입견이 없는 내가 약간 추측해 본다면, 대부분이 경직된 신체 부위로 인해, 마찬가지로 경직되어 느리게 움직이는 손을 그나마 들어 올릴 수 있어서, 자신의 손으로 할 수 있었던 유일한 일이 머리카락 돌돌 말기가 아니었을까, 정도이다. 그것이 자신의 취미가 되어버린 것으로 말이다.

　서현동에서 탄천 다리를 지나 판교로 들어서자 미니가 눈을 두리번거리며 주변을 둘러보더니, 인상을 찌푸리기 시작했다.

　눈썹에서부터 시작하여 눈, 코, 뺨을 지나면서 찌푸린 얼굴이 완성되더니, 마침내 입에서 '어이!'가 나왔다.

　'어이!'와 함께 '어어' 울음과 손가락 물어뜯기가 시작됐다. 가끔씩 슬쩍슬쩍 곁눈질로 나를 보면서 그랬다.

　"미니야, 엄마 안 보고 싶어?"

　그 말을 듣자 순간 조용해졌다. 삼각형 눈이 동글동글해지더니 눈물이 살짝 묻은 순진한 눈을 금벅금벅 떴다 감았다 했다.

　그러나 잠시 후 다시 '어이!'가 시작됐다.

　있는 힘을 다 짜내는지 어깨를 구부린 채 손가락을 물어뜯으며 '어어어!' 했다.

　한 번의 '어어어!'를 부르짖을 때마다 미니 엄지손가락의 가장 큰 관절 마디, 손톱 가까이에 있는 또 다른 관절 마디,

그리고 손가락 끝이 차례로 미니 이빨에 처참하게 물려나갔다.

그 '어어어!'를 여러 번 부르짖는 중에, 손가락과 손은 온통 침 범벅이 되고 미니 옷에 침이 뚝뚝 떨어졌다.

"미니는 일찍 집에 돌아올 때면 짜들어요. 집에 와 봤자 저밖에 없고, 텔레비전 틀어주고 노래 틀어주고 쥬스 먹이고 하지만……, 사람을 그리워해요. …… 미니야, 이제 방학이 되면 슝 비행기 타고, 종욱아, 하는 사람이 와. 종욱아, 하는 사람 알지?"

"종욱이가 아드님이세요?"

"네. 미니는 그 아이가 오면 다른 데 쳐다보지도 않고 그 아이만 쳐다봐요. 그 아이가 밥 먹을 때는 밥 먹는 뒤통수만 쳐다보고."

언젠가 미니 옷을 갈아입히며 미니 어머니는 그렇게 말했다.

종욱이는 미니 오빠이다. 미국에서 공부하고 있다.

"그런데 그 녀석이 하라는 공부는 안 하고 엉뚱한 것만 하니."

"미니에게 노래 보내주는 것이 엉뚱한 것은 아닌 것 같은데요."

"그래도 공부를 해야지요, 공부를."

미니 어머니는 그렇게 말한 적도 있다.

동생이 걱정되어 매일 동생 안부 묻고 동생이 좋아할 만한 노래를 다운받아 보내준다고 했다.

자신을 끔찍이 아끼는 오빠인 것을 모를 리 없는 미니가, 모처럼 오빠가 귀국해 집에 있는 동안 오빠만 쳐다보는 것은 당연하지 않을까.

더구나 미니 집 식구는 아빠와 엄마, 오빠, 미니 달랑 네 식구 뿐인데.

오십 평이 넘는 집에 살다 보니, 가뜩이나 적은 가족은 그 큰 집에 많은 텅 빈 공간을 만든 것 같다.

"이 집, 우리 집도 아니예요. 미니, 복지관 가기도 쉬워야 하고, 지하 주차장에서 집으로 바로 올라오는 엘리베이터가 있어야 하는데 이런 곳이 몇 안 돼요. 교통 좋은 곳에는 아예 없어요. 그리구, 미니 키우려면 집도 넓어야 해요. 이것저것 운동 기구도 놓아야 하고, 휠체어도 다녀야 하고. 이 집 월세가 글쎄 오백이 넘어요. 오백이. …… 우리 미니가 어디 갈 데가 있어야지요. 주말이면 미니는 정말 힘들어 해요. 가끔 할머니 보러 가고 서울 식당에 밥 먹으러 가는 것이 전부예요. 미니가 좋아하는 식당이 있거든요."

"그래서 주말마다 미니 아빠가 미니를 드라이브 시키는

군요."

"지난 토요일에도 나갔다 왔어요. 그동안 전국 안 간 데 없이 다 갔다 왔어요. 미니가 어딜 다닐 수 없으니, 그렇게라도 하는 거죠."

미니가 아무리 좀 더 놀고 싶다 해도 장콜은 냉정하게 미니 집 근처 1층에 멈췄다.

후다닥 빨리 내려야 하는 곳이다.

워커를 끌어야 하고 뛸 수 없는 미니 상황을 고려할 때 내릴 곳은 그곳 밖에 없지만, 근처에 주차 단속 카메라가 늘 작동하고 있어 조금만 지체해도 딱지를 떼어 벌금을 물어야 하기 때문이다.

장콜 기사분이 미니 어머니가 내게 맡긴 신용카드로 결제를 마치자 미니 어머니가 건물에서 나왔다. 아파트 건물 1층 안에서 기다리고 있다가 결제 내역이 문자로 발송되자 나온 듯했다.

후다닥 차에서 내려 미니가 앉은 쪽으로 갔다. 문을 열었다. 발판이 튀어나왔다.

워커를 발판 근처에 대고 미니를 내리려 했으나, 미니는 자신에게 오는 엄마만 바라보았다.

엄마를 보고도 '흐으으' 하며 속상한 표정을 했다. 엄마가 있어 좋지만 그래도 놀고 싶은 마음은 어쩔 수 없었나 보았다.

"미니야, 오늘은 쉬어야지. 그래야 내일 또 치료 받고 하지."

미니를 달랬다.

차에서 내려 워커를 끌면서도 '흐으으' 하던 미니가, 산책을 시작한 지 삼 분이나 지났을까, 금세 기분이 좋아졌다. 미니 어머니와 내가 미니 얘기를 했기 때문이다.

"제가 미처 말씀드리지 못한 것이 있어요. 있잖아요, 미니가요."

거기까지 말하고는 미니 얼굴을 살짝 보았다. 별다른 표정 변화가 없었다.

"며칠 전에요, 제가 점심을 먹이며 미니에게 말을 했어요. 앞으로는 먹고 싶은 것이 있으면 오른손 요 검지손가락으로 이렇게 가리키면 안 되냐 구요."

"그랬더니요?"

"처음엔 멀뚱한 표정이었어요. 그런데 재미있는 것은요, 미니가 김만 가리켰어요."

나는 웃음을 빵 터뜨렸다.

"미니가요, 다른 어떤 반찬도 안 가리키고, 오로지 김만 가리키는 거예요."

미니는 그 느린 손으로 김에 싼 밥을 먹고 나면 또 다시 김을, 먹고 나면 또 다시 김을, 이렇게 가리켰다.

"그리구요, 미처 치즈를 주지 않으면 이렇게 '으으으' 하며 우는 표정을 지어요. 그러면 저는 얼른 알았어, 알았어 하며 치즈를 손에 들어요. 그러면 미니가요, 언제 그랬냐는 듯 표정이 원래대로 돌아와요."

미니가 얼굴을 살짝 옆으로 돌리며 키득키득했다.

"미니도 웃겨?"

미니는 '끄아아!' 작게 소리 내며 웃었다. 하회탈 미소가 아주 진하게 얼굴에 그려졌다.

자신이 원하는 것을 먹기 위해 열심히 김만 가리켰던 것, 좋아하는 치즈를 먹기 위해 우는 표정을 했던 것, 그래서 자신이 원하는 바를 얻어낸 것들이 자신이 생각해도 웃겼나 보았다.

6부. 나에게도 자존심이 있어!

나에게도 자존심이 있어!

목요일 아침이다.

출근하여 현관문을 여니, 거실 분위기가 심상찮다.

손을 씻고, 스탠딩에 서 있던 미니에게 다가가 이마 콩! 인사를 하려는데, 미니가 울먹이는 표정으로, '음마가, 음마가' 그 조용한 분위기를 깨며 말했다.

아무래도 엄마랑 무슨 일이 있었나 보았다.

"엄마가? 왜? 미니야."

주방에서 일하던 미니 어머니가 요구르트 그릇을 들고 미니에게 다가와,

"오늘 아침 미니가 저랑 한바탕 했네요."

라며 미니에게 요구르트를 한 스푼씩 먹이기 시작했다.

"한바탕요?"

"미니 브라자 끈이 축 늘어져 있기에 그걸 끌어올려주려 했거든요. 그랬더니, 미니가 손가락 깨물고 난리가 났었어요."

"크, 그랬군요. 그런데 미니에게 무엇을 할 것인지 미리 말씀을 하셨어요?"

"아뇨, 왜요?"

나는 생각난 것이 있어 예전 이야기를 했다.

"예전에 제가요, 처음 미니를 만나 일하기 시작했을 때요, 복지관에서 미니 기저귀 갈아주기가 정말 힘들었어요."

"왜요?"

"특히 똥을 눈 것 같아 화장실로 데리고 가려 하면 미니가 싫어하더라구요. 정말 미니를 여우 꼬시듯이 꼬셔서 화장실로 데려갔는데요, 그때 똥은 누지 않았었구요, 제가 미니 엉덩이 부분의 기저귀를 확인하면 흐으으 이러면서 엉덩이에 바짝 힘을 주는 거예요. 긴장하듯이요."

"왜 그럴까요?"

"저는 가족이 아니라 남이기 때문이 아닐까요?"

"그때는 미니가 정말로 똥을 누지 않았기 때문일 거예요. 미니는 똥을 누지 않으면 화장실 가기 싫어하거든요."

"그럴 수도 있을 것 같아요. 그런데 그때가 오전 운동 마치고 나서였어요. 냄새가 나는 것 같았거든요. 기저귀를 확인한 후 화장실에서 나와 미니에게 말했어요. 그럼, 어떡하니? 사람들 보는 앞에서 확인할 수도 없고, 또 만약 똥을 눴으면 그걸 깔고 앉으면 얼마나 찝찝하겠니?"

"그랬더니요?"

"미니가 모기만한 소리로 흐으으! 이러면서 부리나케 워커를 끌고 센터 출입문 쪽으로 갔어요. 기저귀 확인하기 전까지는 굉장히 환하게 웃었는데. …… 그리구요, 실제로 똥을 눴을 때도, 기저귀를 갈 때 흐으으! 이러더라구요. 그때 생각했어요. 미니가 단순히 서너 살짜리 지능이 아니라구요. 미니는 단지 언어 표현이 서툴 뿐인 거죠. 그 후로 저는 기저귀를 갈러 화장실에 가든 밥을 먹으러 가든 양치를 하러 가든 운동을 하러 가든 꼭 미리 미니에게 얘기해요. 미니가 이미 짐작하고 있는 것이라 해도 무엇을 할 것인지, 어디로 갈 것인지를 미리 말해요. 필요하면 합리적으로 설명해서 이해시키려 하구요."

"이젠 저도 그래야겠네요. 지는 하나도 할 줄도 모르면서."

미니 어머니는 요구르트를 먹으며 절반은 새로운 고민을, 절반은 자식에 대한 투정을 하는 것 같았다.

대화를 다 듣고 있던 미니가 떠 먹여주는 요구르트를 받아 먹다 말고, 손바닥으로 탕탕! 스탠딩 상판을 쳤다.

"어이구, 어이구, 우리 미니 신났네!"

7부. 빨간 신호등

빨간 신호등

미니와 나를 태우고 복지관으로 가던 장콜이, 늘 있는 일이지만 빨간 신호등에 걸려 멈춰 섰다.

후다닥 나는 또 늘 하던 대로 일장 연설을 했다.

"미니야, 우리 빨간 신호등에 걸렸어. 신호등이 우리 보고 조금만 쉬었다 가래."

미니는 아무 표현도 하지 않았다.

두 달 전이었다.

그날도 빨간 신호등에 걸려 차가 서자 미니가 '어이!' 하며 화를 냈다.

"미니야, 우리 지금 빨간 신호등에 걸……."

내가 뱉은 그 문장이 끝날 즈음 '미니가 과연 빨간 색을 알까? 신호등은 알까? 횡단보도는 건너 봤을까?' 라는 생각이 가슴에 콕 박혔다.

미니는 특수학교를 졸업했지만 남들이 흔히 말하는 공부를 한 적이 없다.

비장애인들이라면 유치원에 다닐 때부터 색칠하기를 하고 신호등 건너는 연습을 한다. 그런데 미니는?

지금껏 우리는 우리 기준으로 미니에게 말을 한 것이 아닐까? 어릴 때부터 배워야 할 것을 배우지 못했는데, 어느새 나이가 드니 당연히 알아야 할 것을 모르는 지적 장애인으로 취급하면서.

순간 망치에 세게 얻어맞은 느낌이었다.

급한 대로 떠오른 것은, 이 세상 어떤 지식도 각자의 수준에 맞게, 그 사람이 이해할 언어로 가르치면 모두 이해한다는 교육 철학이었다. 누가 말했던가? 존 듀이였던가? 아무렴 어때!

일단 미니에게 맞는 언어로 말해주는 것이 필요했다.

"미니야, 저 신호등도 우리에게 말을 해. 우리가 다치지 않도록 말이야. 미니는 이해하지? 말이란 것이 입으로만 말하는 것이 아니라는 것을. 미니도 나에게 표정으로 말을 하고 손짓으로도 말을 하잖아."

그러면서 빨간 색이 될 만한 것을 찾았다.

붉은 색과 흰 색의 체크로 된 미니의 머플러가 눈에 띄었다.

"미니야, 이게 빨간 색이야. 이런 색을 빨갛다고 해."

자존심 강한 미니는 모른 척하며 내려다보지 않았다. 미니의 관심을 끌만한 것이 필요했다.

"미니야, 미니가 입은 이 옷은 회색이야. 이 바지색은 군청색이라고도 하고 감색이라고도 해."

미니 옷 색깔을 말하자 미니는 비로소 슬쩍 자기 옷을 보았다. 역시 당사자 주변에서부터 시작하는 것이 최고였다. 다시 설명하기 시작했다.

"미니야, 이게 빨간 색인데, 저기 보이는 이렇게 둥근 것 있잖아. 하나, 둘, 셋, 세 개 있지? 그게 빨간 신호등이야. 저 신호등에 빨간 색이 켜지면 우리 보고 멈추라는 거야."

그게 계기가 되어 미니는 빨간 신호등에 조금 둔감해지기 시작했다. 신호등에 걸릴 때마다 나의 설명도 반복되었지만, 설명되는 내용은 서서히 줄어갔다.

그러다가도 화가 나는 일이 있으면 어떤 설명도 먹히지 않긴 하지만.

빨간 신호등이라는 변수를 제거하자 미니의 세부적인 모

습이 보이기 시작했다.

미니는 다른 차가 우리가 탄 차 앞에 끼어들려고 할 때, 옆 차선으로 끼어들려다 마땅치 않아 우리 차 앞에 주춤거리며 주행을 방해하는 차가 있을 때, 우리가 탄 차를 운전하시는 기사분이 앞에 죽 늘어선 차들 때문에 급하게 차선을 변경할 때, 차가 출발하거나 방향을 바꾸거나 차선을 바꾼 후 살짝 흔들릴 때, '어이!' 하며 화를 냈다.

특히 피곤하거나 등등의 이유로 가뜩이나 기분이 언짢을 때 이런 상황이 생기면 미니는 차가 목적지에 도착할 때까지 주변의 모든 사소한 것에 얼굴을 잔뜩 찌푸린 채 손에 들고 있던 카드를 높이 들고서 '어이! 하며 불안해했다. 긴장을 했는지, 카드를 든 양 팔이 상당히 팽팽해 보였다.

그러고 보면 미니는 불안을 유발하는 다양한 운전 유형에 대해서도 '어이!' 하면서 그 자신 불안해하고 있었는데, 우리는 차 안에서 화를 내는 미니의 모든 모습을 빨간 신호등을 원인으로 퉁치고 있었다. 성격이 급하고 고집이 세기 때문에 기다릴 줄 모르는 아이로만 생각하면서.

한 번은 아주 큰 버스가 달리면서 우리가 탄 차 가까이에 붙었다.

미니가 눈을 휘둥그레 뜨며 '어이!' 했다.

"미니야, 버스가 가까이 온 것은 저기 저 차 때문이야. 저 차가 원래는 저기 있으면 안 되는데, 저 차를 피하려고 버스가 잠시 우리 차 가까이에 온 거야. 봐, 봐. 버스가 다시 저 차 앞으로 가지?"

그때 자동차 한 대가 버스 정류장 바로 인근에 주차를 해 놓아, 버스가 그 차를 피해 가느라 우리 차 가까이에 붙었던 것이다.

미니는 더 이상 화를 내지 않았다.

그 다음 다음 날에도 비슷한 현상이 있었다.

미니가 눈을 휘둥그레 뜨면서 '어이!' 하자, 나는 얼른 '미니야, 저기 저 차 때문이었어.' 라고 했고, 미니는 '알아!' 라고 말하며 눈을 삼각형으로 만들어선 나를 곁눈질했다.

알기는 하지만 순간 두려운 것은 어쩔 수 없었나 보았다.

그 일을 계기로 미니를, 미니의 능력을 좀 더 믿기로 했다.

아침 복지관에 도착하여 지상 1층에 있는 주간보호센터에 입실하기 위해 워커를 끌고 램프 경사로를 이용해 올라가는 미니를 좀 덜 도와주기로 한 것도 그 때문이었다.

미니가 다니는 복지관의 1층처럼 보이는 정문은 실제 등기상으로는 지하 1층인가 보았다. 엘리베이터에는 그렇게 층 표시가 되어 있다.

그 동안에는 직진할 때를 제외하고 미니의 워커가 지나치게 왼쪽이나 오른쪽으로 치우쳐 가고 있을 때, 세 개의 경사로를 통해야만 1층에 도달하는 램프 구조상 있을 수밖에 없는 두 개의 꺾이는 곳에서 미니가 워커를 돌릴 때 늘 도와줬었다.

이제 냉정하게 미니에게 맡기기 시작했다.

그 후 미니는 구석에 몰린 워커를 안간힘을 써서 빼냈고, 진짜 낑낑하며 그 경사로를 완주했다.

가끔 화가 나는 일이 있을 때면 찌푸린 얼굴로 '허어어!' 라며 짜증을 좀 내기는 하지만. 아마도 '어어어!' 를 '허어어!' 로 발음했을 것이다. 미니의 발음에선 이상하게도 히읗 소리가 많이 난다.

그 일이 계기가 되어서인지 미니에게도 변화가 나타났다.

오전 운동시간이나, 점심을 먹고 쉰 다음 양치질하러 화장실에 가기 직전, 미니는 워커를 끌고 직진만 하는 것이 아니라 구석에서 돌고 구석에서 빠져나오는 연습을 하기 시작했다. 워커를 끌고는 일부러 창가나, 식당 구석에 있는 탁자와 의자들이 있는 쪽으로 가서 돌아 나오기 연습을 했다.

지독하고도 우직하게, 그리고 지금까지도 계속.

게다가 미니 어머니가 나에게 '우리 미니는 왼쪽으로 돌아

야 해요. 척추 측만증 때문에요.' 라며 운동 시 주의사항을
말한 다음부터 미니는 왼쪽으로만 돌려 했다.

"미니야, 또 왼쪽이야? 오른쪽으로도 돌아야지."

라고 말해도 소용없었다.

"미니, 진짜 효녀구나."

너무 신기해서 운동하는 미니에게 그런 말을 하곤 했다.

그 왼쪽, 오른쪽은 내가 미니를 만나 돌보기 시작한 날부
터 미니에게 가르쳐 준 것이었다.

가급적 미니의 동선과 이동 반경을 단순화해야 할 것 같아
늘 일정한 패턴으로 움직이면서 말이다.

"미니야, 왼쪽, 그렇지, 이쪽이야."

나는 미니의 왼팔을 톡톡 치며 말했었다.

"미니야, 오른쪽, 오른쪽, 미니 팔 힘이 더 센 쪽."

이러면서 오른팔을 톡톡 치곤 했다.

이제 미니는 왼쪽, 오른쪽을 아주 잘 구분한다.

미니 어머니에게 그 왼쪽 오른쪽 이야기를 했다. 그러면서
미니의 재미있는 행동에 대해서도 말했다.

"미니가요, 오늘 점심 먹고 나서 쉰 다음에요, 화장실 가려
고 휠체어에서 일어나 워커로 옮겨 갈 때였어요. 워커 손잡
이를 잡고 있었는데요, 창가에 있던 어떤 플라스틱 박스에

이마를 콩콩! 하는 거예요.”

“아니, 이마를요? 그러면 안 되는데!”

걱정하는 미니 어머니에게 웃으며 말했다.

“제가 물어봤어요. 미니야, 혹시 그게 궁금해서 콩콩! 해
본 거니? 라구요. 그랬더니 미니가 환하게 웃더라구요. 제가
미니 속을 제대로 읽어서 웃은 것 같아요. 미니, 호기심 참 강
하죠?”

“우리 미니가 정상인으로 태어나 공부를 했다면 잘 했을
까요?”

미니 어머니는 안타까운 표정으로 미니를 바라보았었다.

“미니야, 이제 빨간 신호등이 파란색으로 바뀌었네. 쟤네
들이 우리 보고 이제 가래. 우리 보고 그렇게 말한 거야.”

미니는 내가 틀어준 음악을 들으며 점잖게 앞만 바라보았다.

“우리 미니가 공부를 했다면!”

미니 어머니의 그때 그 말이 또 다시 떠올랐다.

8부. 좋아하는 마음

좋아하는 마음

복지관 점심 시간, 미리 구입한 식권을 들고 다른 사람들 사이에 섞여 대기 줄에 서 있었다.

배식구에서 한 명씩 식판에 음식을 담아 적당한 자리를 찾아가면 나도 한 칸씩 전진했다.

앞치마를 앞에 두른 몇몇은 그 줄에 몇 번이나 다시 섰다. 몸이 많이 불편해 미리 자리에 앉아 있는 장애인들을 대신해 음식을 날라다 주는 봉사자들이었다. 한 사람을 위해 줄을 서서 날라다 주고, 다시 다른 이를 위해 줄을 서서 날라다 주고 있었다.

줄이 조금씩 줄어드는 중에 내 주위에 섰던 사람들 얘기가 들려왔다.

"나, 진짜 거기 가기 싫어."

"너희 엄마는 너, 거기 가는 것 좋아한다던데! 울 엄마가 그랬어."

"울 엄마가 거짓말 한 거야."

붉은 색과 흰색 체크로 된 티셔츠에 앞치마를 두른 것이, 그 복지관에서 일하는 장애인들이었다.

"언제까지 가야 해?"

"몰라. 다리 다 나을 때까지래."

"니 다리 다 나을 수 있대?"

도대체 무슨 말을 하는 거지? 궁금한 생각에 뒤돌아 봤다.

"왜 가기 싫어요?"

느닷없는 내 질문에 그 장애인은 서슴없이 말했다.

"사람들이 자꾸 저만 쳐다보잖아요."

아뿔싸!

그 말을 듣는 순간 분당서울대병원 로비에서 고개를 숙이고 정신 없이 워커를 끄는 미니 모습이 뚜렷이 떠올랐다.

점심을 먹이고 양치시키고 기저귀를 갈아준 후 램프경사로를 이용해 1층으로 올라갔다.

오후 1시 40분, 늘 이 시간이면 미니는 나름 한라산 정복을 한 만큼이나 힘든 운동을 마치고 1층 정상에 올라선다.

다리 힘이 약하기도 하지만, 미니는 오른팔 힘이 강하다 보니 걸을 때 오른팔과 왼쪽 다리가 함께 앞으로 나가는 원리에 따라 왼쪽으로 쏠리는 현상이 있다.

한참 왼쪽으로 가다가 왼쪽 벽이나 그 비슷한 것에 콩 하고 부딪히면, 다리를 모아 멈춘 채 목과 팔, 복부에 있는 대로 힘을 주면서 워커를 살짝 들어 올린 후 방향을 돌린다. 그러는 중에 얼굴은 벌겋게 상기된다.

그래서인지 미니는 열네 살이라 해도 믿을 만큼 앳된 얼굴이지만 목과 팔목이 두껍고 복부에 군살이 거의 없다. 신체가 대부분 근육인 셈이다.

그런 미니가 1층 출입문을 열고 복도에 들어섰다.

또, 아뿔싸!

램프로 올라오면서 센터 입구를 살폈을 때는 주영이가 분명 없었는데, 미니와 1층 복도에 들어서서 보니 십 미터도 안 된 지점에 주영이가 엄마랑 센터 선생님이랑 서 있었다. 경사로에선 확인할 수 없는 지점이었다.

'아니, 그 만큼 얘기했으면 알 만도 한 분이 지금 이 시간에 버젓이 아들과 함께 여기 있다니!'

순간 주영이 어머니 심정을 헤아리는 것은 저 만큼 달아나고, 미니를 보호해야 하는 내 입장만이 생각났다.

센터 선생님이 주영이 손을 잡고 다독여주었는지 주영이는 나와 미니를 보고 오른손을 들어 '어어어' 하며 안타까운 표정으로 뭔가를 말하고픈 듯했으나, '헉헉헉' 하며 달려오지는 않았다.

잠시 후 센터에서 두세 명의 선생님들이 추가로 달려 나와 주영이가 있는 곳은 금세 무리가 되었고, 이쪽은 미니와 나, 둘 뿐이었다.

그 무리 진 선생님들과 어머니에게 둘러싸여 주영이는 복도 한 쪽에 이어진 도서관 가는 통로로 이끌려 나갔고, 우리는 휠체어 등받이와 방석을 맡기러 센터로 갔다.

센터 출입문 앞에는 팀장님이 나와 있었다.

"미니, 괜찮나요?"

"네, 이 상황인데도 화도 내지 않고……."

"신통하네요."

"근데, 주영이, 다른 친구들하고는 잘 지내나요?"

"네."

말수가 적은 팀장님답게 답변도 짧기만 했다.

"그럼 왜 우리 미니한테만 그러는 걸까요? 혹시요, 미니가 주영이가 다가왔을 때 인사를 하나요?"

"글쎄요……. 아니라고 봐야겠죠?"

"주영이한테도 시큰둥하군요. 미니가 사람들을 시큰둥하게 대해서 시크하다는 말을 듣거든요. 혹시 미니가 시큰둥해서 주영이가 그러는 것 아닐까요?

"글쎄요……. 음……. 좋아하는 마음?"

"좋아하는 마음요? 주영이가요? 미니가요?"

"주영님요."

9부. 손을 잡아줘야지

손을 잡아줘야지

월요일 아침이었다.

미니가 다니는 복지관 앞에 있는 한신아파트 근처에서 미니가 우렁차게 화를 냈다.

"어이!"

차가 밀려서 그런가? 복지관 가는 것 좋아하는데…….

미니를 센터에 입실시키고 나서 어머니에게 문자를 보냈다.

"그전에도 그랬나요?"

답문이 왔다.

"월요병이 아닌가 싶어요."

내가 답문을 보냈다.

"예전 월요일에는요?"

"그러고 보니, 지난 주 수요일, 금요일 아침에도 복지관 오며 그랬던 것 같아요."

"살펴 봐 주세요."

화요일 아침, 차가 밀리지 않는데도 복지관 근처에서 화를 내더니, 복지관 앞 주차장에 차가 멈춰 서자 미니는 삼각형 눈을 하고선 복지관 건물을 두리번거리며 '흐으으' 흐느끼는 소리를 냈다.

"미니야, 미니 복지관 오는 것 좋아하잖아."

달래며 장콜에서 내려 센터에 입실시켰다.

수요일 아침에도 미니는 복지관에 도착하여 '흐으으' 했다.

'얘가 왜 이러지?' 하면서도, 내 머리에는 '미니, 복지관 가는 것 좋아해요.' 라는 어머니 말씀이 박혀 있었다. 센터에 입실할 때, 출입문 앞에서의 미니가 늘 환하기도 하니까.

오전 11시 20분, 미니를 운동시키기 위해 센터 출입문 앞 초인종을 눌렀다.

잠시 후, 미니가 선생님의 도움을 받아 휠체어에 탄 채 나왔다.

그런데! 미니가 우는 표정으로 흐느끼지 않는가?

"미니야! 무슨 일 있니?"

같이 나온 선생님이 당황하셨는지, 미니님, 수업 잘 하고 그러셨는데……, 라고 하셨다.

딱히 무슨 일이 있을 분위기는 아닌데……, 라는 생각으로 그냥 미니를 열심히 워커로 걸리어 운동시키고 다시 입실시켰다.

12시 30분, 점심을 먹일 겸 퇴실도 시킬 겸 출입문 앞 초인종을 또 눌렀다.

미니 담당 선생님이 미니를 데리고 나왔다.

또 그런데! 미니가 울 것 같은 표정으로 두 팔을 내게 뻗지 않는가?

마치, 나 좀 어떻게 해 줘!, 라는 것 같았다.

미니를 휠체어에서 일으켜 세워 워커로 옮겨 세우는 사이, 순간적으로 생각이 스쳤다.

왜 주영이가 안 보이지? 요 며칠 얼마간 미니가 나올 때마다 주영이로 인한 센터 내 소음이 왜 없지?

미니를 엘리베이터 쪽으로 먼저 보낸 후 선생님께 슬쩍 물어보았다.

"선생님, 주영이는 왜 안 보이나요?"

"주영님은 계약이 종결되셨어요."

선생님이 작은 목소리로 짧게 답했다.

"언제요?"

다급하게 물었다.

"얼마 안 되었어요."

그 말을 하며 고개를 돌리는 선생님 얼굴에 뭔가 난처함이 있었다.

엘리베이터를 기다리며 미니를 바라보았다.

"미니야, 주영이 때문이었니? 주영이가 안 보여 그랬어?"

그때부터, 내 입에서 그 말이 나오는 바로 그 순간부터 미니는 옆에 사람이 있건 없건, 누군가 지나가건 말건, 엘리베이터에서 내려 식당에 오는 내내 '흐으으' 하며 슬프게 우는 소리를 냈다. 평상시 모기 같은 미니 목소리에 비하면 엄청 큰 소리였다.

순간 아찔했다.

미니는 주영이가 자신을 좋아하는 것을 알고 있었단 말인가?

그리고, 미니도?

그제야 최근 복지관에 올 때 예전과 달라진 미니 태도를 이해할 수 있었다.

점심을 먹은 후 미니는 휠체어에 앉은 채 힘 없이, 몇 남지 않은 식당 한 구석에서 왔다갔다 했다. 가끔은 왼 팔을 휠체어 바퀴 쪽으로 툭 떨어뜨리기도 했다.

다음 날 목요일 점심 시간, 미니는 밥 먹기 전 평시처럼 휠체어에 옮겨 앉았다. 엉덩이를 들썩였다. 그런데 그 정도가 심했다. 소리가 너무 요란해 주변 사람들 시선이 미니를 행했다.

미니가 엉덩이를 들썩인다는 것은 기분이 좋다는 뜻!

그러나 미니 표정은 완전히 죽을 맛이다. 벌건 얼굴에 독기가 설핏설핏 보이면서 저항하는 모습이 역력했다.

그래, 나 오늘 기분이 좋다. 너희들은 내가 그러기를 바라지? 그러니까 내가 기분이 좋은 것처럼 보여줄 게.

미니는 그런 말을 하고 있었다.

크게 나는 소리만큼이나 크게 구멍 난 미니의 공허한 마음이 전해져 왔다.

식사를 하기 전 미니 이마에 내 이마를 대고 말했다.

"미니야, 주영이는 그냥 다른 복지관으로 간 것뿐이야. 만약 인연이 된다면 다시 만날 거야. 미니도 주영이도 더 건강해져서."

미니가 속상한 표정으로 나를 밀어냈다.

다음 날 금요일 아침 10시 25분, 복지관으로 가기 위해 장콜에 올랐다. 원래 이 시간쯤이면 복지관에 도착해야 하는데 미니가 늦게 일어났다.

"미니야, 밥 맛있게 먹고 재밌게 놀다 온나!"

미니 어머니가 장콜에 올라탄 미니에게 인사했다.

잠시 후 장콜이 출발했다.

미니의 표정이 굳어졌다.

음악을 틀어줬다.

미니는 실실 웃는 표정으로 손가락을 입으로 가져갔다. 물지는 않았는데 그렇다고 심심할 때 내는 '펑!' 소리도 아닌 소리를 냈다. 미니는 평상시 심심할 때 엄지손가락을 입에 대고, 물지는 않은 채 '펑!' 소리 내기를 좋아했다.

방금 전 엄마와 헤어지기 전까지의 미니 모습과 조금 다르다.

점점 집 안에서 내지는 엄마와 있을 때와, 엄마가 없을 때의 태도가 달라진다.

엄마 앞에선 여전히 아기 모습을 보이려 하고, 나와 함께 있을 때는 자신의 감정과 생각이 배어있는 모습을 드러낸다. 고뇌하는 표정을 보일 때도 있다. 감정 표현도 아주 다양하다.

그리고 시간이 흘렀다. 주영이가 떠난 것을 알게 된 날로부터 다시 일주일이 지났다. 미니의 감정도 차츰 가라앉았다.

이 시간 동안 미니는 평상시 듣던 음악에 싫증을 냈다.

어떤 음악을 틀어줘도 실실 웃으며 엄지손가락을 입에 가져가 펑펑 소리를 냈다. 물어뜯지는 않았다.

그러다 평시보다 10분 늦은, 10시 40분에 복지관 센터에 도착한 날이 있었다.

센터 출입구 초인종을 아무리 눌러도 선생님들이 나오지 않았다. 서너 번 눌렀다. 평상시 같으면 화가 나서 어이! 어이! 했을 미니가 그날은 두 손으로 워커를 잡고 출입구 벽에 기댄 채 환한 미소를 지었다.

그때 센터 안에선 노래 소리가 흘러나오고 있었다. 가곡이었다. 어머니들 목소리였다.

초인종을 여섯 번째 눌렀을 때 선생님이 나왔다.

미니 말고도 다른 학생들이 와서 출입문 앞에 대기하고 있었다.

"노래, 누가 불렀어요?"

"봉사자들 중에 합창단이 있어요."

미니는 그 합창단이 부르는 가곡에 환한 표정을 지으며 행복해했다.

그것을 계기로 미니를 위한 가곡을 몇 곡 다운받아 들려주기 시작했다.

미니는 그 가곡들을 들으며 눈물을 흘렸다. 특히 조수미 선생님이 부른 '가고파'를 아주 좋아했다.

아하, 미니는 조수미 선생님 곡을 좋아하는 군, 나는 새로운 사실을 발견해 뿌듯했다.

그리고 또 시간이 일주일 흐르자, 미니는 다시 예전에 듣던 곡들을 편안하게 듣기 시작했다.

그렇지만 미니는 오전 운동할 때면 여전히 주영이의 흔적을 찾곤 했다.

복도에 나와 걸으며, 워커를 뒤에서 잡고 있는 나를 이끌고 평상시 미니가 이용하는 엘리베이터와 반대쪽 엘리베이터로 가기도 했다. 엘리베이터 문 앞에 가 서서는 가만히 그 문에 기대곤 하는 것이었다.

게다가 가끔은 그 엘리베이터 바로 옆에 있는 화장실 앞에 갔다.

나도 몇 번 본 적이 있지만, 그 화장실과 그 엘리베이터는 주로 주영이가 이용하던 곳이었다.

그리고 또 다시 일주일이 지났다. 화요일이다.

미니는 퇴실하기 위해 센터에서 나오며 벌게진 얼굴로 나를 향해 팔을 뻗었다.

마치, 내 편이 되어줘, 라고 말하고 있었다.

"미니야, 왜 그러니? 무슨 일 있어?"

함께 나온 선생님이 상황을 설명했다.

"오늘 미니님이 교실에 들어가려 하지 않아 거실에 주로 있었어요. 그런데 자꾸 사물함 쪽으로 가길래, 선생님들이 그러지 말라고 제지했어요. 그랬더니 이러시네요. 센터 거실에도 이런 사물함이 있거든요."

선생님은 출입구 한 쪽 벽에 세워진 사물함들을 가리켰다.

'그 사물함에도 주영이 흔적이 있나?'

순간 생각이 흘렀다.

다시 돌아가시려는 선생님께 얼른 물어보았다.

"혹시 미니에게 인사하는 친구들이 있나요?"

"발화를 제대로 못하는 친구들이 많아, 많지는 않아요. 하지만 말을 할 줄 아는 친구들에게는 저희들이, 미니님, 안녕!, 이렇게 인사하라고 해요. 그러면 친구들이 인사해요."

"그럼 미니는 인사를 어떻게 받나요?"

"시큰둥할 때도 있고, 엉덩이를 들썩이며 좋아할 때도 있어요."

"그런데 미니는 인사를 하나요?"

"아무래도," 선생님은 뜸을 들이며 "거의 안 한다고 봐야죠?" 라고 말했다.

"그럼 혹시 외롭지는 않을까요?"

그 말에 선생님은 얼른 답변을 이었다.

"아니요, 전혀요. 오늘도 오전에 블록 쌓기를 하고 그랬는데요."

거기까지 대화를 하고 미니와 엘리베이터를 타고 아래층 식당으로 내려갔다.

실은 아침에 복지관으로 등교하며 미니와 이야기를 했다. 나는 말을 하고, 미니는 표정과 손짓, 어이!와 같은 다양한 표현으로 말을 했다.

"미니야, 미니도 친구들에게 인사해야지, 안녕, 이렇게 말야."

주영이의 빈 자리가 걱정되었기 때문이었다. 그런데 순간 미니가 안녕이란 말을 할 수 없다는 생각이 스쳤다.

그와 동시에 미니가 화난 목소리로 어이! 했다.

'내가 못하는 걸 알면서 왜 그래?' 라는 듯이.

"알았어, 알았어. 그런데 인사라는 것이 꼭 말로만 하는 것이 아니야. 이렇게 다가가서 미니가 나에게 하듯이 손으로 친구 팔을 톡톡 쳐도 돼."

미니는 못 들은 척 했다.

그 대화를 통해 나는 전혀 생각지 못했던 것을 떠올렸다.

'혹시 미니에게 친구가 없는 것이 아니야?'

미니가 먼저 다가가서 인사할 수 있는 처지가 안 된다는 생각을 처음으로 했다.

지금껏 복지관 센터에 가는 것을 좋아했으니, 센터에서 편안한 마음으로 시간을 보내니, 당연히 친구들이 많을 거라고만 생각했다.

그런데, 점점 미니의 인지력이 사람들이 생각하는 것과 달리 상당히 똑똑하다는 것을 알게 되면서, 단순히 '누구누구야, 안녕?' 이라는 말 정도로 '얘는 내 친구' 라는 등식이 미니 마음에 성립할 것 같지 않다는, 내 의식 밑바닥 생각과 복잡하게 얽히면서 미니의 친구 문제를 생각하게 된 것이다.

더구나 미니는 극도로 내성적이 아닌가! 내성적인 사람일수록 친구에 대한 범위는 냉정하다. 아주 믿을 만하지 않으면 매일 만나는 사람도 친구의 범위에 포함시키지 않는다. 다른 사람들 앞에서 형식상 '얘는 제 친구예요.' 라는 말을 할지라도.

아침에 장콜에서 미니와 했던 대화가, 미니를 센터에서 퇴실시키는 12시 30분까지 계속 내 안에 있었다.

그래서 혹시나 하는 마음에 물어본 것이었다.

'그랬구나. 그래서 주영이 흔적을 계속 찾는구나. 자신에게 단순히 인사만 건넨 사람이 아니라, 진심으로 다가와 준 친

구이기에!'

오후 치료를 위해 장콜을 기다리며 복지관 로비에서 음악을 틀었다. 오늘은 미니가 좋아하는 조수미 곡을 틀어줄까? '가고파'를 틀었다.

'내 고향 남쪽바다, 그 바닷물 눈에 보이네. 꿈엔들 잊으리요, 그 잔잔한 고향 바다…… 가고파라 가고파. 어릴 때 같이 놀던 그 동무들 그리워라.'

미니는 그 부분에서 또 울었다. 그런데, 동무? 귀에 스쳐간 가사가 뇌리에 박혔다. 혹시 미니가 그 곡을 좋아하는 이유가 주영이를 생각하기 때문일까? 그럼 미니는 동무가 친구를 뜻한다는 것을 안단 말인가? 에구, 생각이 다 갈래로 갈라졌다.

장콜을 타고 동국대병원으로 향했다.

전날 서울대병원으로 가면서, 미니는 양 엄지손가락을 물어뜯어 왼쪽 엄지손가락 근처 상처를 터뜨리고 말았다. '왜 자꾸 여기 오는 거야?' 라고 외치며, 미처 다 낫지 않은 흉터를 물어뜯은 것이다. 터진 상처에서 피가 흘렀다. 병원 화장실에서 두 손을 씻어줄 때 상처 부위에 물이 쏟아지자 '흐아아!' 아프다고 울어댔다.

전날의 기억 때문인지, 다른 병원이긴 하지만 병원은 병원이라는 생각에 평시에는 이 병원을 좋아하면서도 병원 근처에 오자 울어대며 또 손을 물어대기 시작했다.

미니 왼쪽에 앉은 나는 미니의 왼손이 걱정되었다. 왼손의 상처가 특히 심했다.

어떡하지? 어떡하지? 순간적으로 미니의 손을 잡아줘야지 하는 생각을 했다.

전날 피가 흐르는 미니의 왼손 부위를 티슈로 지혈하기 위해 눌러주며 그 손을 잡아주자, 미니가 이상하게도 얌전해졌기 때문이다.

그 기억으로 미니의 왼손을 잡아주었다. 내 힘으로 제지하려는 의도도 있었지만, 그보다는 따뜻하게 잡아주고 싶었다.

태어나 엄마 젖을 한 달도 채 먹지 못했다는 미니, 어려서부터 차가운 철로 만들어진 워커의 차가운 플라스틱 손잡이를 따뜻한 엄마 손보다도 많이 잡았을 미니가 안쓰러웠기 때문이기도 했다.

내가 미니 왼손을 잡아주자 미니는 오른손을 계속 물어뜯기는 했지만 확실히 그 강도가 순해졌다.

병원 후문에 내려 엘리베이터로 향해 가면서, 그리고 2층 치료실로 가면서, 치료실에 입실해서도 미니는 환히 웃었다.

치료 마치고 집으로 오는 차 안에서도 미니는 전혀 어이!

하지 않았고, 더 놀고 싶다고 떼쓰지도 않았다.

그래, 내가 미니의 친구가 되어 줘야지. 미니 손을 따듯하게 잡아줘야지.

10부. 다, 지나가는 거야!

다, 지나가는 거야!

수요일, 미니를 복지관 센터에 입실시키고 건물 밖으로 나왔다.

'미니의 인식 세계를 더 넓힐 수 없을까? 어떻게 하면 되지?'

벤치에 앉아 집에서 싸 온 보온 물병의 커피를 마시며, 시선을 여기저기 던졌다.

그러다 복지관 마당에 있는 목련 나무가 눈에 들어왔다. 남향에 위치한 만큼 꽃이 활짝 피어 있었다.

'그래, 혹시 저거라면 괜찮을 지도 모르겠어!'

미니의 인지 세계 넓히기에 관심이 생긴 건 불과 한 달 전 눈 오던 날에 있었던 사건과 관련된다.

3월 초라는 달력상의 날짜와는 상관없이 눈이 왔다.

겨울 내내 비 소식, 눈 소식이 거의 없어, 비록 농사꾼은 아니나 올해 농사 걱정을 나름 하고 있던 지라 반가운 눈이 었다.

그날도 복지관에 도착한 후, 지하 로비를 지나 램프를 이용해 1층으로 올라가면서, 복지관 외벽용으로 둘러쳐진 유리창을 통해 바깥에 내린 흰 눈을 보았다. 이미 그쳤는지 하늘에 날리는 눈은 없었다.

'미니는 늘 보호만 받았는데. 과연 눈을 만져봤을까?'

바깥의 눈을 보다 다시 내 앞에서 워커를 끌고 올라가는 미니 쪽으로 시선을 돌리자, 미니와 눈을 연결해 생각했다.

미니가 워커를 끌고 1층 복도에 들어서자마자 나는 주차된 휠체어의 자물쇠를 풀기보다는 복도와 연결된 다른 출입구로 뛰어나갔다.

"미니야, 여기 잠시만 있어. 금방 올 게."

틈틈이 고개를 뒤로 돌려 미니 상태를 확인하며 물 티슈를 한 장 가방에서 꺼내들었다. 잔디 위에 금방 쌓인 듯한 흰 눈을 티슈 위에 담았다. 아주 소중하고 행복한 것을 손에 든 기분이었다.

그 눈을 들고 후다닥, 나갈 때만큼이나 빠른 속도로 미니 옆으로 돌아왔다.

"미니야, 미니야, 이게 눈이야. 차갑지?"

눈을 조금 떼어 미니 뺨에 살짝 대 준 후 코 앞에 가져갔다. 가까이에서 보라고.

그런데 냘름! 미니는 혓바닥을 내밀어 그 눈을 맛보는 것이 아닌가!

"이크! 미니야, 먹으면 안 돼!"

미니는 혀를 통해 눈을 느끼고 싶었던 것이다.

나는 티슈 위에 남은 눈을 내 왼 손바닥 위에 올려놓고,

"눈은 이렇게 따뜻한 곳에 두면 이렇게 녹아서 물이 되어 흘러 내려. 봐! 봐!"

눈이 녹은 왼 손바닥을 옆으로 세워 물이 되어 흐르는 것을 보여주었다.

센터 앞에서 미니를 휠체어에 옮겨 앉힐 준비를 하는 사이, 미니는 워커 손잡이를 잡고 꿈꾸는 듯한 행복한 표정으로 벽에 기대어 서 있었다.

그 행복해 하던 표정이 눈에 아른거려 그날 오후 병원 치료차 장콜로 이동하면서 또 다른 교육을 시작했다.

"미니야, 지금이 겨울이야. 겨울은 많이 춥고, 눈이 와."

3월 초이긴 했으나 미니나 나나 겨울 옷을 입고 있었으니,

체감 상으론 겨울이었다.

열심히 수업을 하고 있는데, 미니가 고개를 저쪽으로 돌리는 것이 아닌가!

뭐하나 싶어 상체를 앞으로 살짝 빼서 보니, 미니가 키득키득하며 웃고 있었다.

마치, 내가 겨울도 모를 줄 알고?, 딱 그 표정이었다.

그 다음 주 월요일 오후, 미니의 경직을 완화시키기 위한 치료를 받는 중이었다.

다리 치료를 마치고 등 치료를 하던 치료사 선생님이 깜짝 놀랐다.

"오른쪽 등이 많이 풀렸네요."

"그래요?"

미니 어머니와 내가 동시에 고개를 돌렸다.

"겉 근육은 다 풀렸고, 속 근육 경직만 남았어요."

그러자 등 치료에 앞서 다리 치료 때 했던 미니 어머니의 말이 천둥처럼 되새겨졌다.

주말에 미니, 어디 갔다 왔어요?, 라는 치료사 선생님의 질문에 대한 답이었다.

"이번 주말엔 어디에도 못 갔어요. 얘가 토요일 오전에 좀 아팠거든요."

"많이요? 오늘 아침에는 괜찮았는데요."

"그냥 살짝, 아주 살짝 감기 몸살에 걸렸었어요."

가만히 듣고 있던 내가 끼어들어 던진 말에, 그냥 살짝 아팠다는 답을 했다.

순간, 그날 아침 미니를 장콜에 태우기 위해 도와주다 미니의 오른쪽 다리가 쑥! 장콜 발판에 올라가는 것을 보고, '엇, 뭐지?' 라고 생각했던 것이 떠올랐다.

다른 날처럼 미니를 오른손은 장콜 손잡이를 잡도록 하고 왼손은 의자 모서리를 붙잡게 한 후, 왼발을 발판에 먼저 올린 후 '미니야, 오른 발!' 하며 오른 발을 발판으로 올리는 상황이었다. 그 발이 다른 때와 달리 쑥! 올라간 것이다.

그 토요일 몸살이 소위 감기몸살이었나?

몸에 맞는 약을 복용하거나 운동을 할 때 그런 현상이 생길 수 있다는 말을 들은 적이 있다. 기존의 기 흐름과 다른 기 흐름이 몸에 일어나 서로 충돌하여 몸살을 일으키는 것이다. 그러면서 몸이 점점 좋아진다고.

그렇다면 미니에게 선물한 눈이 미니에게 행복감을 주어 좋은 기 흐름을 만든 걸까?

눈 선물을 한 날이 금요일이었고, 몸살을 앓은 것은 토요일이니.

그 눈 사건이 기억 나, 목련 꽃 두 송이가 달린 가지 하나를 손으로 꺾었다.

"정말 미안! 하지만 용서해 줄 거지?"

그 꽃을 들고 1층으로 올라갔다. 11시 20분에 있을 운동 시간에 맞춰.

"미니야, 선물!"

쑥스러우면서도 멀뚱한 표정으로 휠체어에 앉아있던 미니는, 내가 목련 가지를 잡고 그 꽃잎으로 미니의 뺨을 간질이자 짧으면서도 도톰한 아기 혓바닥을 꽃잎을 향해 낼름 내밀며 해맑게 웃었다.

미니는 언어가 제대로 발달되지 않아서인지 24살의 나이에도 혓바닥이 아기 혓바닥이다. 구강 근육이 제대로 발달하지 않아서일 게다!

목요일, 출근하면서 미니 집 근처의 벚나무에 손을 뻗었다. 꽃이 활짝 핀 가지 하나를 꺾었다. '정말 미안! 이해해 줘!' 사과를 하며.

미니 집에 도착한 후, 고마워하면서도 난처해하는 듯한 미니 어머니의 말투를 느끼며 꽃가지를 미니 방 작은 옷장 위에 올려놨다.

아마 하루 후면 그대로 지겠지만, 그래도 미니가 자연을 좀 더 느끼고 자연 가까이 갈 수 있게 된다면 그 꽃들도 행복해 할 거라는 생각을 하며.

금요일 아침, 미니 방의 벚꽃은 부채 모양을 이룬 채 옷장 위에 누워 있었다. 물기가 말라가면서 전날과는 달리 향이 진해지고 있었다.

"우리 미니가 꽃가루 알러지가 있어요. 꽃이 피기 시작하면 장난이 아니예요. 눈이 가려운지 손으로 자꾸 비비는데, 엄지손가락 여기에 있는 상처가 눈에 옮아서 눈탱이가 밤탱이 돼요."

미니 기저귀를 갈면서 미니 어머니는 말했다.

'아하! 그래서 어제 미니 어머니 표정이랑 말투가 그랬구나.' 아찔했다.

"그랬군요. 그래서…… 죄송해서 어째요?"

"괜찮을 거예요."

라고 미니 어머니는 대답하며,

"우리 미니도 꽃 구경 가고 그러면 얼마나 좋을까요?"

덧붙였다.

금요일 근무를 마치고 이틀의 징검다리를 건너 다시 월요일이 되었다.

거푸집에 찍은 듯한 일상이 매 주마다 패턴처럼 반복되지만, 미니의 표정과 말투는 새로운 한 주를 선물한다.

기저귀를 갈 때도 그렇다.

미니를 만나 처음 몇 달 동안에는 점심 먹고 한 번만 갈아줬다.

그러다 미니 엉덩이에 물집이 생기지 않도록 세 번 갈아주기 시작했다. 오전 운동 마친 후 한 번, 점심 먹고 한 번, 화요일과 목요일처럼 오후 치료 시간이 긴 날에는 오후 치료 마치고 한 번.

그런데 기존에 하던 패턴이 아니라 그런지 오전 운동 마친 후 기저귀를 갈 때면 미니는 화장실의 세면대를 붙들고 선채 '워이! 워이!' 하곤 한다. 다리가 아픈 지 양 다리를 살짝 살짝 움직이면서 동시에 엉덩이와 상체를 좌우로 살짝 살짝 움직이면서.

화가 났을 때 목에 힘을 주어 '어이!' 하고 외치는 것과는 분명 다르다.

약간 볼멘 톤으로, 하기 싫은 것을 억지로 할 때 나오는 떼 쓰는 듯한, 소리가 코까지 올라가지 않아 울리지는 않고 구강 아래서만 나는 저음 소리이다.

화장실에서 워커를 끌고 나오는 동안에도 옹알이 하듯 '워이! 워이!' 한다.

그런 미니를 휠체어 있는 곳으로 데리고 가며 나는 꼭 한마디를 노래하듯 리듬에 맞춰 한다.

"미니가 아무리 그래도, 나는 눈 하나 깜짝 안 할 거다!"

그러면 미니는 휠체어에 앉은 채 울상이 된 아기 같은 표정으로 바지의 허리끈을 손가락으로 꼬며 '흐으, 흐으' 한다.

후드 형태로 생긴 외투의 모자 끈이나 운동복 형태의 바지 허리끈을 손가락으로 꼬는 것을 좋아하는 게다. 머리카락 돌돌 말기처럼.

그러다 가끔 '미니야, 그건 미니의 생떼야. 생떼.' 라고 말하기만 하면, 미니는 화들짝 깜짝 놀라며 눈을 동그랗게 뜨고는 '어이!' 한다. 화가 났다기보다는, 그런 말 하지 마!, 정도의 나무라는 말투라고나 할까.

어쨌든 처음 미니를 만났을 때보다는 많이 가까워진 셈이다.

내가 왜 자주 기저귀를 가는지 내 마음을 미니도 알기에 심하게 뭐라 하지 않는 거고, 나 또한 미니를 위해 가장 필요한 신변 처리를 미니 눈치 보지 않고 해주니까 말이다.

그 보답으로 단순해 보이는 미니의 표정과 행동, 말투 속에 숨어 있는 다양한 의사소통을 위한 표현을 읽어내고 나는 행복해 한다.

또 어느 금요일 오후 작업치료차 치료실에 도착했을 때였다.

미니는 그 치료실에서 늘 평상처럼 생긴 마루 위로 올라가 치료를 받았는데, 그날은 치료사 선생님이 완전히 올라가지 말고 마루에 걸터앉힌 채 치료를 해 보고자 했다. 서서히 책상과 의자로 옮길 생각인 것 같았다.

하여 미니를 마루에 걸터앉히고 나는 그 옆에 앉았는데, 미니가 나를 향해 고개를 돌리더니, 내 머리를 자신에게로 가져가 이마 콩!을 정성스럽게 하지 않는가. 그냥 여기까지 잘 오게 도와줘서 고마워, 정도로만 생각하고 말았는데, 다시 또 이마 콩! 인사를 했다. 이번에도 나는 그냥 고마움의 표현으로만 생각했다. 그런데, 미니가 갑자기 뒤로 손을 짚더니 자빠지려 했다.

치료사 선생님이,

"아하, 그냥 올라가고 싶어요? 다른 때처럼?"

라고 해서, 나는 후다닥 미니의 신발과 보조기를 벗기기 시작했다.

그 사이 선생님이 웃으며 말했다.

"신발 벗겨 달라고 애교를 두 번이나 부렸는데, 들어주지 않으니까, 아, 마음대로 해! 이런 거야?"

또 다른 금요일 오후 치료 시간이었다.

치료를 받는 평상 위에서 나는 미니 등 뒤에 앉아 미니가 뒤로 넘어지지 않게 받치고 있었다.

그날도 미니는 바지 허리끈을 손가락으로 꼬며 여기저기 시선을 던져 사람들이 무엇을 하고 있는지 살피며 수업을 했다.

그런데 다른 날보다 미니의 수업 반응이 이상하리만치 느렸다. 치료사 선생님 말고도 실습생이 두 명이나 더 있었는데, 컵을 쌓고 그 컵을 꺼내 실습생들에게 주는 행동이 유달리 느렸다.

나는 틈틈이, '미니, 뭐 하나?' 하고 노래를 부르듯 수업을 하라고 은근히 독촉했다.

다른 날에 비해 치료시간 30분이 유달리 더디기만 했다.

마침내 수업 시간이 끝나고 미니에게 보조기와 신발을 신기려 미니를 90도로 돌린 순간, 나는 허걱 놀랐다.

"미니야, 눈이 왜 이래? 눈에 잠이 대롱대롱 매달렸어."

미니 눈은 정말로 잠이 오는 강아지처럼 반쯤 감겨 있었다.

'어이!'도 안 하고 화도 안 내고 그 시간을 그 순진한 표정으로 인내했다니!

이런 사소한 것들은 패턴 같은 일상에 샘물이 되어 준다.

월요일 오후, 미니의 근육 경직을 풀기 위해 또 다시 분당 서울대병원으로 가는 장콜을 탔다.

오늘도 차가 다소 흔들렸다.

간간히 미니의 눈이 토끼 눈처럼 동그래졌다. 이제 곧 그 입에서 '어이!' 라는 외침이 나올 것임을 알려주는 예고다.

미니의 인상이 구겨지려는 찰나, 후다닥 기사 분에게 말을 걸었다.

"이 차는 다른 차들보다 10센티미터 가량 높였지요? 그래서 어쩔 수 없이 많이 흔들리지요?"

미니를 흘끗흘끗 쳐다보며 눈치를 살폈다.

느닷없는 질문에 기사분이 다소 당황했는지 답을 하지 않았다.

"미니야, 우리가 앉은 자리 뒤, 있잖아. 이곳에 휠체어를 싣기 위해 램프를 만들어 달았대. 그래서 차 높이를 강제로 높였대. 안 그러면 램프가 바닥에 질질 끌려 운전을 할 수 없거든. 차가 흔들리는 건 그 때문이야. 그러니, 미니가 좀 이해해 줘."

한참 어렵게 열심히 미니를 설득하며 미니의 구겨지려는 인상을 어떻게든 바로 잡으려는데, 기사분이 눈치 없이 다른 말을 했다.

"그런데요, 이 도로, 말이예요. 이 도로가 이렇게 울퉁불퉁한 것이 가장 큰 문제예요."

아, 이러는 것이 아닌가?

사실 틀린 말도 아니다.

일반 차량으로 출고된 차를 개조하는 과정에서 차체를 강제로 높이는 까닭에 장콜이 그 자체적으로 시속 70킬로미터 정도의 속도에도 심하게 흔들리기는 하지만, 분당이 신도시로 개발된 지 이십여 년 넘어가며 도로가 울퉁불퉁해진 탓도 있는 게다.

환경이 그렇다 쳐도 인간은 적응해야 하지 않는가! 그리고 미니를 어떻게든 적응시켜야 하지 않는가!

"저희 미니는 다리 힘이 약해서 앉아 있다 해도 거의 인형처럼 앉아 있는 셈이예요. 차가 심하게 흔들리거나, 특히 과속 방지턱을 넘을 때 조심하지 않으면, 미니는 심하게 불안감을 느끼거든요."

아까는 미니에게 상황을 설명하려는 목적이었던 반면, 이번에는 미니의 입장을 기사분에게 전해 미니가 '어이' 하더라도 이해해 달라고 양해를 구하려는 목적이었기에, 앞서 한 말과 전혀 연관성이 없어 보이는 말을 해 버렸다.

"정말 그렇겠네요."

기사분의 짧은 답을 듣고 미니를 쳐다봤다.

"그러니 미니야, 엉덩이랑 여기 허벅지랑 다리에 힘을 줘야 해. 그래야 덜 흔들려. 나처럼."

미니는 자신의 입장을 대변해 준 것에 대한 고마움 때문인지 씩 웃으며 얼굴을 활짝 폈다.

다시 차 안은 조용해졌고 미니가 좋아하는 팬플룻 연주곡이 흐르고 있는데, 미니가 주변을 두리번거리며 다시 눈을 동그랗게 뜨기 시작했다.

복지관에서 분당서울대병원으로 가는 코스에서 항상 만나는 이마트 주변이었다.

거기서부터 병원까지 가는 차도는 늘 차들로 붐볐다. 최근 탄천 주변에 아파트를 짓는 공사를 하느라 더욱 복잡했다.

이번엔 무엇으로 미니의 감정을 잠재울까?, 고민하다 솔로몬과 관련된 명구가 생각났다.

"미니야, 그거 아니? 이 세상의 모든 것은 다 지나가는 거야!"

'다'란 단어를 강조하며 다시 반복했다.

"아무리 기쁜 일이든, 슬픈 일이든, 힘든 일이든 다 지나가는 거야. 미니가 예전에 차병원도 다니고 보바스 병원도 다니다 서울대병원으로 온 거잖아. 그런데 이 병원도 미니만 치료할 수 없어. 그래서 다른 환자들을 받기 위해 미니보고, 이젠 오지 마세요, 라고 하는 날이 온단 말야. 이제 몇 달 안 남았을 걸?"

미니는 그 몇 달이 체감상 얼마큼인지는 모를 수 있겠지만, 언젠가는 이 시간들도 끝난다는 말에 활짝 웃으며 두 팔을 살짝 들고 엉덩이를 들썩들썩하기 시작했다.

기회다 싶어 미니에게 또 다른 말을 시작했다.

"미니는 서울대병원 로비 지나는 것이 싫지? 사람들이 다 미니만 쳐다보는 것 같지? 그런데 그거 아니? 그 사람들도 미니랑 같은 심정이란 거. 다른 사람들이 다 자신만 본다고 생각해. 그리고 그들은 사실 바빠. 미니만 일부러 쳐다볼 틈이 없어."

"끄으으!"

미니가 나름 까르륵 방식의 웃음을 웃었다.

"그러니, 이제 얼마 안 남았는데, 열심히 다니자! 사람은 현재를 열심히 살아야 해. 병원에 도착하지도 않았는데, 미리부터 걱정하고 힘들어하는 것은 어리석은 거야.”

“끄아아!”

미니가 또 다시 환호했다.

이 환호까지 오기가 쉽지는 않았다.

그 동안 온갖 방법으로 미니를 다 꼬셔보고 달래봤다.

어떤 날은,

“미니야, 미니가 장콜을 잘 타야만 엄마가 덜 힘드셔. 매번 엄마 차만 타면 엄마는 쉴 틈이 없잖아!”

라고도 했다.

그날은 기사분도 거들어 주셨다.

“미니야, 이 세상 모든 엄마들은 다 힘들단다. 엄마가 미니보다 먼저 돌아가시면 미니는 혼자 어떻게 하니? 그러니 엄마를 도와주는 셈 쳐라.”

그러자 미니가 엉엉 울기 시작했다. 눈물, 콧물을 다 쏟으며! 얼굴 위로 물이 범람하여 흘러내렸다.

“나 죽으면 넌 찬밥이야!”

언젠가 엄마가 했던 말이 떠올랐을 테고,

“나 죽으면 넌 어떡하니? 나 죽을 때 너도 같이 죽자!”

라고 했다는 아빠 말도 떠올랐을 게다.

그리고 그 다음 주, 같은 치료를 받으러 서울대병원에 가던 날, 미니는 그 전 주에 울었던 그 지점에 이르자 또 다시 흘쩍이며 울었었다.

미니를 달래려 노력한 것에 대한 보답일까. 아니면 목련꽃과 벚꽃이 마술을 부린 걸까.

미니의 등 경직을 풀기 시작하던 치료사 선생님이 화들짝 놀랐다. 그야말로 화들짝이었다.

"어! 경직이 거의 없어졌어!"

미니 양 손을 잡고 있던 미니 어머니와 내가 동시에 선생님을 쳐다봤다.

선생님은 놀라 당황한 말투로 다시 말을 이었다.

"아닌가? 힘을 안 줘서 그런가?"

"힘을요?"

"네. 아, 다시 힘을 주네."

치료사 선생님이 나를 흘깃 보며 대답했다.

"그래도 지난 주보다 좋아진 건가요?"

치료사 선생님은 여전히 당황함이 덜 풀린 말투로 대답했다.

"네."

그나저나 이번 일요일에도 가벼운 감기 몸살을 앓았다 했
는데, 이번엔 어떤 변화가 있을까?

11부. 이제 시작이야

이제 시작이야

    현관문에 들어서니 미니의 우렁찬 목소리가 들려왔다. 높낮이와 폭이 다양해졌다. 성대 근육이 왠지 예전보다 자유로워진 것도 같았다.

    인간은 듣고 싶은 대로 듣는다더니, 내가 해석하고 싶은 대로 해석한 건지는 모르지만.

    미니는 어머니가 먹여주는 아침을 먹고 있었다.

    "아직 감기 몸살기가 있어서인지 많이 안 먹네요."

    복지관에 갈 채비를 부지런히 하는 사이, 미니는 어머니 도움을 받아 스탠딩에 섰다.

    미니 침대를 정돈하고 미니가 거실에서 주로 이용하는 장소 주변을 청소했다.

    30분이 후딱 지났다.

"미니야, 이제 내려오자."

미니 어머니가 미니를 묶은 스탠딩 줄을 풀었다.

"이제 자전거 탈까? 잠깐 쉴까?"

스탠딩에서 아주 천천히 발을 떼 내려오던 미니가 스탠딩 한 쪽 모서리를 잡고는 갑자기 고개를 도리도리했다.

"더 설 거야? 알았어. 더 서자."

미니 어머니는 스탠딩 기구에 스스로 올라선 미니를 다시 줄을 이용해 묶었다.

장콜이 오기로 한 시간까지 20분 남은 까닭에 양치는 스탠딩에 선 채로 시키기로 했다.

내가 욕실로 미니 양치 도구를 가지러 간 사이, 미니 어머니는 그 틈을 이용해 미니 얼굴에 스킨과 로션을 발랐다.

그 로션 바르기가 끝나자 바로 미니 양치를 시작했다.

"…… 오늘은 추워서 지하에서 탈 게요."

"벌써 장콜 기사가 왔어요. 빨리 준비해야겠어요."

전화를 끊은 미니 어머니가 서둘러 스탠딩 줄을 풀며,

"미니야, 웬 일이니? 오늘은 15분이나 더 탔어. 45분 탔네."

라고 했다.

미니는 스탠딩 서는 것을 그리 좋아하지 않았다. 자전거 타는 것을 더 좋아했다. 아무것도 하지 않고 가만히 서 있기만

하는 거니, 얼마나 힘들겠는가!

그야말로 여우 꼬시듯이, 미니 어머니는 미니가 심심할까 봐 온갖 음악을 튼 상태에서 얇은 잡지책을 손에 쥐어주기도 하고, 스탠딩 기구에 서 있는 미니 뒤에 앉아 이 얘기 저 얘기 하기도 했다.

그런데 오늘 45분이나 선 것이다.

동국대병원에서 치료사와의 일대일 치료를 위해 대기자로 기다리며 자전거만 타던 미니에게 스탠딩 기구 치료가 주어졌을 때, 미니를 그 스탠딩에 익숙하게 만드는 것은 쉽지 않았다.

벌써 6개월을 기다리는 사이 이제 대기자 중에선 첫 번 째가 되었지만, 어찌 보면 미니의 인내심도 그만큼 커졌다.

그럭저럭 그 병원 가기를 좋아하고 2층 치료실에 들어갈 때도, 그곳에서 자전거를 탈 때도 좋아하던 미니가 스탠딩을 시작하면서 일이 생겼다.

병원 근처에 가면 귀여운 얼굴에 "어이! 어이!" 하며 일그러진 주름을 만들기 시작했다.

병원 후문에 내려 복도를 지나 2층으로 올라가는 사이에도 '흐으으!' 슬퍼했다.

미니가 기분 좋을 때 표현하는 스탠딩 상판 두드리기가 문제였다.

미니는 집에서처럼 병원에서도 스탠딩에 서서 상판을 있는 힘껏 '탕탕탕' 쳤다.

그런데 동국대병원은 나이 드신 어르신들과 장애인들이 많이 이용하다보니, 미니가 치는 그 소리에 어르신들이 깜짝깜짝 놀라는 것이다.

결국 병원 이용자 중에서 민원이 들어왔고, 치료실 팀장님이 미니 어머니에게 주의를 요구했다.

"계속 그러면 치료 받기가 어려워요. 아니면 5층 복도에 가서 혼자 서야 해요."

"우리 미니는 혼자 있는 것 싫어하는데……."

미니 어머니가 결국 나에게 미니를 맡기고 병원에 오지 않기로 했다.

"아무래도 얘가 내가 있으면 더 한 것 같아요. 믿는 구석이 있어서요."

그렇게 해서 미니를 얌전하게 하는 것은 내 몫이 되었다.

내가 돌보는 사이에도 미니는 그 '탕탕탕'을 치곤했다. 나름 참고 참다가 주변 눈치를 슥 보고는 쳤다.

한 번은 팀장님이 미니에게 다가왔다.

천천히 다가온 팀장님의 의도를 알았던가, 아니면 타고난 내성적인 성격 때문일까.

미니는 할 수 있는 대로 입을 동그랗게 오므리고, 눈도 동그랗게 토끼눈을 만들어선 위로 떴는데, 특히 검은 눈동자가 눈의 상단에 올라가 있었다.

순간, 표정을 어떻게 해야 할지 난처하기는 한데, 팀장님이다 보니 눈치 상 고개를 옆으로 휙 돌릴 수도 없는, 딱 그런 심정인 것 같았다.

"미니야."

팀장님이 운을 뗐다.

"여기선, 조용해야지."

나름 진지하고도 친절하게 말하는 그 사이에도 미니는 이미 만든 그 표정을 바꾸지 않았다.

그런 배경으로 그 '탕탕탕'을 할 수 없게 되자 스트레스가 가중되었던 것이다.

그 미니를 달래기 위해 모든 아이디어를 짜냈다. 거짓말이 아니라 사실에 바탕을 둔, 온갖 파이팅들이 내 입에서 나왔다.

"미니는 정말 인내심이 강한 것 같아. 봐봐! 다른 사람들은 말을 하면서 그 힘든 시간을 견디는데 미니는 말을 안 하면서도 그 시간을 견디잖아. 말을 하지 않으면서 이기는 사람이 진짜 강한 거야."

스탠딩으로 옮겨갈 시간이 다가오면, 스탠딩 쪽을 쳐다보며 우는 상을 한 채 모기만한 소리로 '흐으으'와 개미만한 소리로 '어이!'를 반복하는 미니에게,

"미니야, 미니야, 이제 미니가 제일 잘하는 것을 할 차례네. 미니는 정말 인내심이 강하잖아. 우리 미니, 인내심 최고야!"

라고도 하고,

"미니야, 이제 인내심 공부할 시간이야."

라고도 했다.

미니를 기쁘게 하려고 의자에 미니를 태운 채 의자를 밀어 스탠딩 기구 있는 곳까지 이동시키다 마룻바닥이 우그러진 곳에서 미니 상체가 살짝 흔들리자 미니가 놀란 눈을 한 적도 있다.

게다가 스탠딩하는 시간을 행복하게 하기 위한 지혜도 필요했다.

서 있는 동안 미니가 좋아하는 팬플룻 음악을 틀어주고, 심심하지 않도록 종이 찢기를 함께 했다. 혼자 하면 싫어할까 봐서.

미니는 종이 찢기를 하다가 가끔 나에게 찢은 종이 한 귀퉁이를 주었다. 나는 그것을 행복하게 찢었다.

미니는 손으로는 종이를 찢으며 귀로 들려오는 음악에 집중했다. 슬픈 음악이 나오면 울먹이는 표정을 지으면서.

그러다 가끔씩 누군가의 재채기나 방귀 소리, 하품하는 소리가 나오면 까르르 웃었다. 미니는 인위적인 소리가 아니라 인간에게서 나오는 자연적인 소리를 좋아했다.

어느 날, 내가 큰 종이를 집어 들었다. 미니가 찢어 놓은 작은 종이만 들던 평시와 다른 상황을 연출한 것이다. 그러자 미니는 내가 든 종이를 향해 손을 뻗었다. 자신의 손에 쥔 작은 종이는 내게 주고.

"크, 미니도 욕심이 생겼구나!"

웃으면서 건네줬다.

날씨가 더워지며 답답한 날에는 자신의 왼쪽 발을 살짝 뒤로 빼기도 했다. 계속 같은 자세로 가만히 서 있는 것이 답답했던 것이다.

그러면 나는 다시 그 다리를 원래대로 위치시켰다.

그런데! 어느 날, 그 스탠딩이 끝난 시간, 화들짝 놀랐다.

"아니, 미니야, 언제 오른발을 뺐어? 내가 분명 계속 보고 있었는데."

미니가 씩! 웃었다.

오른 다리가 왼 다리에 비해 상대적으로 경직이 심해 거의 빼지 않는 미니였다. 그런데 얼마나 갑갑했으면, 내가 미니 왼쪽에 서 있어 잘 보이지 않을 수 있는 오른쪽 다리를 뺐을 까?

답답함의 표현일 수도 있겠고, 내 눈에 띄지 않게 하려고 오른 다리를 움직인 것일 수도 있을 게다. 안타깝기도 하고 신통하기도 한 미니!

그런 시간이 쌓이며, 미니는 정말 스탠딩 하는 시간을 기뻐 하기 시작했다.

그 기구로 옮겨갈 때면 '끄아아!' 환호까지 한다.

30분을 하다가 35분으로 늘리고 종종 40분으로 늘리기도 했으니, 45분이 결코 어렵지는 않았겠지!

복지관에서 점심을 먹고 휠체어에 앉은 채 쉬고 있던 미니 는 워커로 옮기려 하자 도리도리하며, 오른 주먹을 가볍게 쥐 어선 자신의 이마를 톡톡 두드렸다. '나는 싫어. 나는 싫어.'

늘 있는 현상이다. 한 번 쉬기 시작하면 계속 쉬고자 하는, 쉴 때만큼은 상당한 관성의 법칙이 나타난다. 워커로 이동하 는 순간 다음 쉴 때까지 계속 움직여야 하는 것을 알기 때문 이고, 그런 시간을 지나는 것이 미니에겐 구불구불한 산의 한 구비를 도는 것만큼이나 힘들기 때문일 게다.

하지만 빨리 움직여야 단 5분이라도 음악을 들으며 쉴 시간이 생길 테고, 그래야 장콜 타는 것을 거부하지 않기에 더는 식당에서 시간을 보낼 수 없는 상황이 되었다.

휠체어에 앉은 미니 앞에 워커를 좀 더 가까이 갖다 놓았다. 미니가 '꿍' 힘을 주어 아기 같은 동작으로 팔을 뻗어선 워커를 밀어냈다. 그러고는 울상을 지었다.

결국 할 수 없이 워커 손잡이를 잡지 않으려는 미니의 팔을 강제로 끌기로 했다. 미니는 몰랐다. 야구 투수의 공이 빠르면 빠를수록 타자가 치기는 어렵지만, 한 번 제대로 맞으면 홈런으로 연결된다는 것을.

미니는 팔 동작의 폭은 좁지만 그 힘은 아주 세다.

나는 그 힘을 그대로 이용하여 방향만 바꿀 생각을 했다.

우선 미니의 왼손으로 워커의 왼쪽 손잡이를 잡게 한 후 그 왼쪽 손목을 내 왼손으로 고정시킨 채 내 오른손으로 미니의 바지 뒤춤을 잡고 일으켰다.

일단 일으켜 세운 다음에는, 지금까지 늘 넘어질까 봐 노심초사하며 살아온 미니의 두려움이 미니를 바로 서게 했다.

미니는 '흐으으!' 하면서도 할 수 없이 자신의 오른손으로 워커의 오른 손잡이를 잡을 수밖에 없었다.

결국 양 손을 모두 워커 손잡이에 붙잡힌 채 일어났다.

강제로 일으켜 세운 것에 화가 났는지, 램프를 오르면서도, 화장실에서 양치하고 기저귀를 갈 때도 내내 땡깡을 부렸다.

'어이!' 정도가 아니라, 창자에서 짜낸 듯한 힘으로 '어어어!' 하면서 오른손과 왼손의 엄지손가락을 물어뜯었다.

시간이 준 선물인지 미니의 그런 반응에 아랑곳하지 않고 해야 할 일을 마친 후 다시 지하 로비의 의자에 미니를 앉히고 음악을 틀어줬다.

미니는 언제 그랬느냐는 듯이 진지하게 음악을 들었다. 슬픈 곡이 나오면 미간과 코와 입을 다 짜서 모으고는 슬픈 표정을 지었다.

그러다가! 맙소사!

미니가 갑자기 까르르! 웃지 않는가!

그러고는 내 머리를 자기 쪽으로 가져가선 '이마 콩'을 했다.

"아구! 미니야, 미니도 웃기니? 그래, 시원하게 스트레스 다 풀었어?"

라고 하자, 미니는 더욱 까르르 웃어 제꼈다.

화요일 오후의 치료 스케줄에 따라 동국대병원으로 갔다.

전동자전거를 타는 미니에게 간식인 포도를 먹이고, '어제 경직이 풀렸다고 했는데, 그걸 어떻게든 이용해야 하지 않을까?', 곰곰 생각해 봤다.

자연의 도움도 필요하지만, 미니 스스로도 뭔가를 해야 할 것 같았다.

결국 미니가 타는 자전거 속도를 줄여보기로 했다. 속도가 느리면 느릴수록 미니가 자신의 힘으로 어떻게든 타려고 할 거라는 생각도 했고, 복지관에서 화를 낸 것에 미안해서 거절하지 않으리란 계산도 했다.

속도를 평상시의 42가 아니라 그 절반인 20에 맞춰보기로 했다.

그런데 미니의 협조가 필요하겠지? 미니가 도와주지 않으면 치료실이 미니의 땡깡 바다가 될 수도 있을 테니.

"미니야, 잘 들어 봐. 미니도 경직이 빨리 풀리길 원하지? 자신의 힘으로 걷고 자신의 힘으로 소변 대변 처리하길 원하지? 그럼 이젠 조금씩 미니 힘으로 해 보자. 처음부터 다는 아니고 아주 조금씩 말이야. 먼저 이 자전거 속도를 좀 낮춰 볼 게. 자전거는 여전히 미니를 도와줄 거야. 미니는 아주 조금만 노력하면 돼. 알았지?"

그러자 미니가 내 머리를 끌고 가 '이마 콩'을 했다. 알겠다는 뜻이다.

속도를 20에 맞췄다.

다리 근육에서 뭔가 느껴지는지, 자신의 다리 힘으로 자전거 바퀴를 돌린다는 느낌이 있는지, 미니는 생각하는 표정이더니 내 머리를 끌고 가선 다시 '이마 콩'을 했다. 그리고는 해맑고 행복하게 웃었다.

아하, 괜찮다는 뜻이군!

안도의 한숨을 쉬었다.

잠시 후 자전거 스크린 상의 에너지 수치가 0이었던 것이 1로 바뀌었다. 힘을 썼다는 것이다. 1의 수치가 얼마큼의 영향을 미치는지는 모르지만, 미니가 20의 속도에 거부감 없이 환하게 웃는 것을 보니 긍정적인 신호다.

내내 환하게 웃는 미니는, 다들 죽어가는 사람들 마냥 어두운 그림자 같은 치료실 내 사람들 속에서 빛처럼 환했다. 웃든 웃지 않든, 늘 빛이 되는 아이이긴 하지만.

미니 옆에서 초조하게 스크린 계기판을 바라보는 나를 미니는 틈틈이 끌고 가 '이마 콩'을 했다.

'고마워. 나, 지금 내 다리로 자전거를 타고 있어!' 라는 듯이.

이 또한 내가 읽고 싶은 대로 읽은 것인지는 몰라도.

자전거 타는 시간이 끝나고 스탠딩 시간이 왔다. 미니를 기구 앞에 똑바로 세우려 미니 다리를 움직이는데, 무릎 밑 앞다리가 움찔하는 것이 느껴졌다.

종아리 부분은 플라스틱 보조기가 감싸고 있어 확인하지 못했다.

30분 후 스탠딩 시간이 끝나고 워커를 끄는 미니를 뒤에서 도와주는데, 허걱!

미니 집에 도착한 후 미니를 집 주변 산책을 시키며 함께 걷는 미니 어머니에게 자전거 타기에 대해 말했다.

진지하게 듣던 미니 어머니는 물었다.

"미니가 뭐라 하지 않던가요?"

"아주 좋아한 것은 아니지만, 성취감을 느끼는 것 같았어요. 앞으로는 속도를 1씩 줄일까 봐요."

"……."

"스탠딩 마치고 미니가 워커를 끌 때요, 마치 나비 같이 가벼웠어요. 새털 같았다고나 할까요? 미니도 뭔가 느꼈는지, 워커를 끌며 '끄아아' 하더라구요. 기뻤나 봐요."

"그렇다면 다리 힘으로 걷는다는 얘긴데."

미니 어머니는 그 말을 흘리듯 하며, 고개를 숙인 채 진지하게 생각하는 듯했다.

대화를 들으며 워커를 끌던 미니는 흩날리는 벚꽃잎보다도 더 환하게 미소 지었다.

12부. 호모 에렉투스가 되기 위하여

호모 에렉투스가 되기 위하여

오후 치료가 없는 수요일을 지나 목요일이 되었다.

미니와 함께 장콜에 올라 복지관으로 향했다.

집에서 출발한 지 5분도 채 안 되는 지점에서부터 차가 밀리기 시작했다.

온 사방에 차들이 바글바글 했다.

택시 하나가 오른쪽 차선과 우리 차선 사이를 애매하게 걸쳐선, 우리가 탄 차와 앞 차 사이의 그 좁은 간격 사이로 들어오려 했다.

기사분이 요령껏 운전하여 그 차가 우리 차 앞에 끼어들어도 큰 속도 변화 없이 차량의 흐름 속에서 흘러갈 수 있었다.

그런데 미니가 눈을 동그랗게 뜨고는 당황한 빛을 띠더니, '어이!' 하고 큰 소리로 화를 냈다.

"미니야, 저기 봐. 저 택시가 우리 앞에······."

내 말이 미처 끝나기도 전에 미니는 더욱 큰 소리로 '어이!' 했다.

조금 지나니 교통 체증이 금세 해소됐다.

공사 차량 한 대가 탄천 다리 위에서 그 넓은 면적을 혼자 독점한 채 탄천 쪽을 향해 물을 뿌리고 있었다.

복지관 근처 한신 아파트 가까이에 이르자, 미니의 표정이 복잡해졌다.

머쓱함과 민망함이 섞인 애매한 표정이었다.

눈과 입은 웃고 있었고, 코와 미간, 눈썹은 화를 내고 있었다.

'아하, 미니도 아까 화를 낸 자신의 행동이 과했다는 것을 아는구나.' 생각이 흘렀다.

그런데도 계속 엄지손가락을 입으로 가져가 펑! 펑! 하는 것은 자존심 때문인 것 같아. 물지는 않고 펑! 펑! 소리만 내니, 정말 화가 난 것은 아닌 게야. 자신도 너무했다는 것은 알지만 자존심 상할까봐 인정하기 싫은 거야. 나, 정말 아까 너무 놀랐었단 말이야, 를 표현하고 싶은.

이럴 때는 어떻게 해야 하나?, 고민하다

"미니도 머쓱하지?"

툭 말을 던져보았다.

그러자 미니는 화난 감정을 일부러 만든 듯한, 굵은 저음의 목소리로 '어이!' 했다.

마치, '그런 말 하지 마!' 라는 듯이.

정말로 화가 났다면 우렁차면서도 고음의 '어이!'겠지.

그나저나 이럴 때는 어떻게 하지?

장콜이 복지관 앞 마당에 거의 도착하자, 퍼뜩 생각이 들었다.

아하, 이럴 때는 그냥 미니의 감정을 인정해줘야겠어. 다른 이들도 그렇잖아. 심지어 자신의 잘못을 인정하지 않으려 끝까지 합리화시키는 사람들도 있는데. 미니는 단지 자존심이 강한 것뿐이야.

I화법을 한 번 써 볼까?

오전 운동 시간, 미니가 센터 교실에서 복도로 나왔다.

"미니야, 아까 말이야. 어떤 차가 끼어들었던 것 말이야. 그러지 말라고만 해서 미안! 생각해 보니까, 미니 입장에선 충분히 화가 나고 힘들었을 것 같아."

미니는 아무 말 없이 눈동자가 울먹일 듯하더니, 살짝 고개를 돌렸다. 그리고는 스스로 휠체어에서 일어났다.

잠시 후 워커를 끌기 시작한 미니는, 개미만한 소리로 '끄아아!' 환호하며 웃었다.

10분간의 운동을 마치고 기저귀를 갈아줄 때가 되었다.

"미니야, 미니 엉덩이에 구멍이 나면 미니는 여름 내내 휠체어에 못 앉게 될 거야. 다 나을 때까지 스탠딩 서고 워커만 끌어야 할지도 몰라. 그러니까 오줌독 생기지 않도록 기저귀를 갈아야 해."

미니는 기저귀를 가는 내내 화를 내지 않았다.

그리고 보니, 누군가 내가 감당할 수 없는 상황을 객관적으로 설명하며 이해를 요구하면 나도 화가 날 것 같다. 앞으로 좀 더 미니 입장에서 공감해줘야겠다. 다만 내 입장에서도 난처할 수 있다는 것을 기회 되면 넌지시 표현해야지.

복지관에서의 일정을 모두 마치고, 동국대병원으로 가기 위한 장콜을 탈 때까지 로비에서 20분이나 쉬었다.

다른 날보다 많이 쉬었음에도, 차에 올라탈 두 시가 가까워지자 미니에게 이렇게 말했다.

"미니야, 더 쉬고 싶을 텐데, 지금 이동해야 해서, 정말 미안!"

미니는 아무 저항 없이 일어나 워커를 끌며 또 다시 환호했다.

병원 2층 치료실, 미니를 자전거에 태웠다. 미니는 아주 적

극적으로 협조했다.

이 기세를 그대로 살려 미니의 다리 힘을 키울 방법을 찾고 싶었다.

우선, 미니가 그렇게도 싫어하고 화를 낸다는, '써보저항'을 해 보기로 했다.

"미니야, 미니도 알다시피 미니 다리 힘이 더 강해져야 해. 그러려면 기계 힘이 아니라 미니 힘으로 운동해야 해. 힘들겠지만 한 번 노력해 볼까?"

미니는 찬성도 반대도 하지 않았다.

자전거 계기판에 있는 써보저항 메뉴를 누르니, 순식간에 35였던 자전거 속도가 0으로 바뀌었다.

미니는 아주 아주 천천히 다리를 돌렸다.

서너 번 돌렸을까?

자전거 스크린 위로 다시 0에서 35로 속도가 바뀌는 것이 나타났다.

감사하게도 에너지 수치가 0에서 1로 바뀌었고, 본인 힘으로 운동한 시간이 0.02분으로 나타났다.

미니는 화를 내지 않았다.

5분이 지났을까?

다시 써보저항을 눌렀다.

본인 힘으로 운동한 시간이 0.28분으로 늘어났다.

그리고 5분쯤 후에 다시 써보저항을 눌렀다.

자전거 페달을 자신의 힘으로 열심히 돌리는 미니를, 노력하는 미니만큼이나 열심히 응원했다.

세 번의 써보저항 결과, 에너지 수치는 2가 되었고, 본인 힘으로 운동한 시간은 0.47분이 되었다.

그 세 번 이후 더 이상 써보저항을 누를 수 없었다.

실수했을 때 끝까지 도전하여 이루어내는 삼세판이라는 말이나, 왠지 세 번이면 충분할 것 같은, 3이라는 숫자가 갖는 위압감도 있었고, 미니가 복부로 숨을 내쉬는지 자전거 타기가 끝날 때까지 계속 '허어, 허어' 하며 헉헉댔기 때문이다.

덕분에 거의 웃지는 않았지만 힘들어 보이는 표정에도 미니는 내 머리를 가져가 '이마 콩'을 했다.

아마도, '고마워. 덕분에 운동했어.' 쯤이겠지.

그런데! 스탠딩 마치고 화장실에 가서 기저귀를 갈려는데, 기저귀가 전혀 젖어있지 않았다! 미니가 오줌을 누지 않은 것이다.

기저귀를 갈아준 지 두 시간 쯤 되는 시간이었다.

미니 집 근처에서 미니를 산책시키며 미니 어머니에게 써보저항 얘기를 했다.

"아무래도 써보저항을 이용하면 미니에게 오줌을 참는 힘이 생기나 봐요. 미니, 종이 찢기 섬세하게 하도록 해서 손가락 힘 조절 하는 것을 같이 키우면, 대소변 혼자 처리할 수 있지 않을까요?"

"그러면 오죽이나 좋겠어요? 다리 힘도 생길 테고."

미니 어머니 목소리가 들뜬 듯이 다소 높아졌다.

13부. 사람들 속으로

사람들 속으로

"요즘 미니 친구는 좀 있는 것 같나요?"

미니 어머니는, 복지관 갈 채비를 하던 내게 조심스레 물었다.

"새로운 친구들이 생긴 것 같아요."

"어떤 근거로요?"

"미니가 퇴실할 때요, 뒤에서 손 흔들며 '안녕!' 하는 친구들도 있구요, 음, 오전 운동시키러 갔을 때나 점심시간에 퇴실 시키러 갔을 때요, 휠체어에 앉은 미니 자세가 반듯하지 않고 이렇게 앞으로 미끄러져 내려와 있을 때도 있어요."

"어, 그러면 안 되는데."

"선생님들 말로 미니에게 인사하고 말 걸어주는 친구들이 제법 있는데요, 미니가 모른 척 할 때도 있지만, 기분이 좋을 때는 엉덩이를 들썩들썩 한대요. 그래서 자세가 그렇게 된대요. 그리고 요즘에는요, 아침에 입실할 때요, 미니가 워커를 잡고 서 있는 사이에 제가 휠체어를 정리하잖아요? 그런데 미니가 먼저 워커를 끌고 와서 휠체어에 막 앉으려 해요."

주영이 떠난 후 미니의 새로운 친구 문제는 나에게나 미니 어머니에게나 관심사였나 보았다.

복지관 앞은 복잡했다.

팝콘을 나누어 주는 사람, 풍선을 나누어 주는 사람, 옷과 신발들을 저렴하게 파는 사람들…….

장애인의 날 행사가 시작됐다.

사람들 무리를, 미니는 워커를 끌고 나는 미니 워커를 잡고 지났다.

다음 날, 복지관 앞은 다시 예전으로 돌아갔으나, 지하 1층 로비는 강원래씨와 그 앞을 빙 둘러 앉은 사람들로 가득 차 있었다.

미니는 평상시에 올라가던 램프로 향하지 않고, 앉아 있는 사람들 옆에 의자가 부족해 서 있는 사람들 사이에 슬그머니 워커를 끌고 갔다.

드르륵거리는 워커 소리에 자신들 옆에 온 미니를 사람들은 당연히 인지했고, '미니야, 어서 와!' 라며 자리를 비켜주었다.

다른 이들과 함께 서 있던 미니는 이내 다시 램프로 워커를 끌고 갔다. 워커를 잡고 있던 나도 함께 램프로 향했다.

지상 1층에 도착해, 주차된 휠체어의 자물쇠를 푸는 사이 미니와 같은 센터 소속의 친구들 몇 명이 선생님 한 분을 따라 센터 바로 옆에 있는 도서관 통로로 들어가는 것이 보였다.

내 주변에서 워커로 걷고 있던 미니가 갑자기 그들을 따라 갔다.

"미니야, 안 돼. 이쪽이야."

마음이 짠했다.

미니는 그들과 함께 할 수 없는 것을!

그들은 도서관에서 학습치료 비슷한 것을 받는 이들이었다. 책을 보는 척이라도 할 수 있거나 최소한 크레파스를 손에 쥘 수 있는 사람들.

오전 일정을 마치고 오후 치료를 위해 장콜로 이동할 때까지 쉬기 위해 지하 1층 로비로 갔다.

성남 내 모 병원에서 이벤트를 하고 있었다. 혈압과 당 검사를 무료로 해 주고 수건을 한 장씩 주면서 병원을 홍보하는 행사였다.

수건이 욕심 나, 미니를 의자에 앉히고 음악을 틀어준 후 검사에 임했다. 틈틈이 미니를 향해 미소를 지었다.

미니도 검사를 받으면 좋겠다는 생각이 없지는 않았으나, 혈압 검사할 때 팔이 저릴 수도 있고, 당 검사를 위해 손끝 채혈을 할 때 따끔할 수도 있어 미니가 거부하겠다는 생각이 들어, 그냥 간호사에게 부탁해 미니에게 줄 수건 한 장만 더 챙겼다.

검사를 마치고 미니 옆으로 돌아온 후, 몇몇 간호사들이 미니에게 관심을 보였다.

내가 '미니야, 이 곡은 어때? 괜찮아?' 내지는 '이 곡, 참 좋지?' 라고 말하는 것을 들으면서, 미니와 내가 음악을 들으며 서로 웃는 것을 보면서, 미니가 내 이마에 콩! 인사를 하는 것을 보면서였을 게다.

"아까부터 궁금했어요. 어떻게 얘기해요?"

"표정이나 팔 동작, 때로는 목소리 톤으로 얘기해요."

"그래요? 저희도 얘기해 보고 싶어요."

북적대는 사람들 속에서 남모르는 간호사들의 관심을 받아서인지, 요 며칠 사이 다리 힘이 더 생길 거라는 기대감 때문인지, 미니는 그 간호사들의 말을 들으며 우아하면서도 조신한 표정을 짓고는 살짝 미소까지 곁들였다.

'미니가 이렇게도 사교적이었나?'

새삼스러웠다.

미니는 사람들 속에서 한 명의 사람으로 존재하고 싶고 그들과 소통하고 싶은 마음을 그렇게 드러냈다.

다음 날 출근하니,

"어제 밤에 미니 담임선생님께서 문자를 주셨어요. 5월 말에 서울로 유람선 타러 간대요. 선생님은 그날 하루 쉬시면 돼요."

미니 어머니는 유람선 얘기를 꺼냈다.

"5월 언제예요?"

"5월 이십 며칠이라 하더라구요."

"미니는 어떻게 해요?"

"저는 못 가요!"

미니 어머니는 딱 잘라 말했다.

"작년에 제주도 갔던 것 생각하면……. 미니 데리고 다니기 정말 힘들어요. 그 뭐냐, 똥돼지 안 먹겠다고 식당 안에서 그렇게 큰 소리로 울어대서 당장 나왔지 뭐예요. 그리고는 그 제주도에서 스파게티 식당 찾으러 다녔어요. 몇 시간이나 요. 스마트폰으로 찾아보면서요. 어디 그 뿐이야? 무슨 갈치 있죠?"

"아, 제주 은갈치요?"

"그것도 안 먹겠다 해서……."

잠시 대화가 끊겼다. 나는 미니가 왠지 나를 계속 쳐다보는 것 같아, 유람선 여행이 마음에 걸렸다.

"그날 하루인가요?"

"유람선요? 네. 그날 갔다 그날 와요. 오후 4신가? 그때 일 정이 끝나요."

"그럼 제가 갈까요?"

"선생님이요? 어휴, 말도 마세요. 바깥에서 미니 기저귀 가 는 게 보통 일이 아니에요."

"그래도 미니는 가고 싶을 텐데요."

다시 대화가 끊겼다.

"원래는 보호자가 가야 하는데……."

미니 어머니는 말끝을 흐리더니 다시 말을 이었다.

"정말 가실 수 있으시겠어요? 힘들 텐데."

"저도 유람선 타고 싶어요. 거기에도 화장실은 있을 텐데 요, 뭐."

그렇게 해서 내가 미니 어머니 대신 미니를 데리고 유람선 여행을 떠나기로 했다.

'아무래도 무릎 담요를 한 장 챙겨야겠어. 혹시 화장실이 붐비면 센터 선생님께 담요를 펴 들고 뒤에서 가려 달라 부탁하고 기저귀를 갈아야지.'

생각에 한참 빠져 있는데, 오른쪽 얼굴이 왠지 땡기는 것 같아 고개를 돌려보니, 미니가 나를 빤히 보고 있다가 나와 시선이 마주치자 얼른 고개를 돌리는 것이 보였다. 마치 안 본 척.

"미니야, 미니, 엄마 껌 딱지로 살려면, 엄마가 먹자는 음식 먹고, 엄마가 바라보는 곳을 미니도 같이 바라봐야 해."

미니와 시선이 마주친 김에 무슨 말이라도 해야 할 것 같아, 미니 어머니가 복지관으로 출발하기 전에 한 말을 떠올리며 한 소리 했다.

"제가 미니 데리고 어디 여행을 못 가요. 자리 좀 잡고 앉아 뭘 좀 보려 하면 이내 다른 데 가자고 울어대고."

우리 대화를 듣고 있던 기사분이 미니를 위해 자신의 스마트폰을 이용해 모짜르트 곡을 틀어줬다.

미니 얼굴에 당황한 빛이 감돌았다.

지금껏 기사분이 미니를 위해 미니가 좋아할만한 곡을 틀어준 적이 거의 없으니, 당연하다.

그러다 잠시 후, 기사분이 그만 과속 방지턱을 조금 덜 조심하고는 쿵! 하고 넘었다.

미니 눈이 동글동글해졌다. 입 모양은 금방이라도 '어이!' 할 것만 같다.

그러면서도 뭐라 하지 못하는 난처함이 미니 얼굴에 가득했다.

복지관에 도착하여 지하 1층에서 지상 1층으로 향하는 램프를 오르다 미니에게 웃으며 말을 던졌다.

"미니야, 아까 기사분, 너무 착해서 뭐라 하지 못했지?"

미니는 아무 소리 없이 끙끙대며 램프를 올랐다.

오후 12시 30분, 미니를 퇴실시키려 센터 입구에 가서 초인종을 눌렀다.

잠시 후 미니와 선생님이 나왔다.

"오늘 미니님이 아주 얌전했어요. 다른 날 같으면 자리 이동하자고 하면 손가락 이렇게 물며 '어이!' 하는데요, 오늘은 그러지 않았어요. 엉덩이도 들썩이지 않구요, 얌전히 앉아 곰곰 생각하는 눈치였어요."

미니를 데리고 지하 식당으로 갔다.

"미니야, 미니도 사람들과 어울리려면 이런 거 잘 먹어야 해."

싫어하는 깻잎을 잘게 썰어 밥에 넣어 동글동글 말아 주자, 미니는 안 먹으려 고개를 요리조리 돌리다 머뭇거리며 먹었다.

그런데 먹는 표정이, 뭔가 생각하는 듯했다.

마치, 이거 예상 밖으로 맛있네, 정도?

신체가 불편하고 두려움이 많기에 좋아하는 음식도 제한적이고 보수적으로 접근할 미니.

미니는 깻잎뿐만 아니라 그 싫어한다는 야채 샐러드도 맛있게 싹싹 긁어 먹었다.

먼저 야채에 섞인 망고를 골라 먹인 뒤, 드레싱 소스와 망고물에, 남은 샐러드를 섞어 먹였기 때문일 게다. 적당히 달달했을 테니.

점심 식사를 마치고 운동도 마치고 미니와 장애인 화장실에 들어가려 했다.

청소하시는 분이 화장실 안에서 나오며,

"변기 막혔어. 누가 이렇게 굵은 똥을 눴어."

라고 말했다.

화장실로 들어가 양치 시작하기까지 미니 표정은, 뭔가 골똘히 생각하며 날카롭게 유추하는 듯했다.

마치, '저 사람이 저 말을 왜 하지? 나보고 들으라고?' 라는 듯이.

미니 어머니는 평상시, '미니 똥, 장난 아니에요. 이따만 해요. 그대로 변기에 버리면 우리 집 변기 막혀요. 그래서 제가 처리하는 방법이 따로 있어요.' 라고 말한 적이 있다.

실제 미니 집 화장실 변기 통 옆에는 나무젓가락 몇 개가 세워져 있고, 모두 한 쪽 끝에 변이 묻어 있다. 한 번 휘저어서 변기 물에 쓸려 보내는 것 같았다.

그러니, 미니의 표정은 그 청소하시는 분의 말을 나름 자기 입장에서 생각했을 가능성이 높음을 말했다.

하지만 미니는 그 표정을 이내 지우고 다시 순진한 아이 표정이 되었다.

미니는 평상시에도 로비에서 쉴 때 사람들이 끼리끼리 모여 앉아 다른 사람들 뒷 담화 하는 것을 들으면, 시큰둥하면서도 냉정한 표정을 지었다가 눈을 한 번 흘기고는 이내 무표정해지곤 한다.

오후 병원 치료를 마치고 로비에 잠시 앉아 쉬었다.

정수기가 눈에 띄었다.

미니 목이 마를 것 같았다.

"미니야, 잠시만 기다려 줘."

정수기 옆에 있는 일회용 종이컵에 물을 담아다가 미니 코 앞에 들이밀었다.

"미니야, 바깥에 나오면 물도 음식도 잘 먹어야 해. 그래 야 목이 안 마르고 굶지 않아. 그래야, 사람들이랑 어울릴 수 있어."

그 말을 하자 미니는 물을 냉큼 한 모금 들이키고는 얼른 고개를 돌렸다.

'그래, 한 번 시도해 보자!'

미니의 표정과 태도는 딱 그랬다.

그리고 시간이 10여 분 흘렀다. 나는 미니 옆에서 초조하 게 병원 벽시계를 올려다보았다.

미니는 로비에 있는 사람들 속에 섞여 앉아 내가 틀어 준 음악을 여유롭게 들으며 행복한 표정을 하고 있었다.

아무래도 일으켜 세우는 것이 쉽지 않을 것 같았다.

마침내 오후 3시 13분.

장콜 예약 시간이 오후 3시 15분이니, 저기 창 밖에 서 있 는 노란색 차들 중 한 대는 미니가 타고 갈 차이리라.

망설이다 3시 14분이 되자 마침내 미니를 설득했다.

"미니야, 이제 우리, 집에 갈 시간이야. 집에 가서 엄마 볼 시간이야. 저기, 기사 아저씨가 이미 와 계셔!"

그러자 미니는 있는 힘껏 자기 앞에 놓아 둔 워커를 밀어 냈다.

이내, 울 것 같은 표정을 짓더니, '어이!' 했다.

미니를 일으키려는 세 번째 시도에서 겨우 성공했다.

미니는 워커 손잡이를 잡고는 '흐으으!' 했다. 제법 큰 소리였다.

그 순간 마치 전기가 통하듯, 미니의 마음이 전해져 왔다.

'나는 왜 시키는 대로만 해야 해? 나는 왜 내 마음대로 하면 안 돼?'

미니어처
ⓒ최문영, 2019, Printed in Seoul, Korea

초판 1쇄 인쇄 | 2019년 05월 20일
초판 1쇄 발행 | 2019년 05월 25일

지은이 | 최문영
펴낸이 | 고미숙
편집인 | 채은유
디자인 | 송해용
펴낸곳 | 쏠트라인saltline

등록번호 | 제452-2016-000010호(2016년 7월 25일)
주   소 | 04556 서울 중구 마른내로58(인현동1가 87-18)
          31533 충남 아산시 행목로 202, 103-1407
이 메 일 | saltline@hanmail.net, 전   화 | 010-2642-3900

ISBN : 979-11-88192-56-4 (03810)
값 : 12,000원

이 도서의 국립중앙도서관 출판예정도서목록(CIP)은 서지정보유통지
원시스템 홈페이지(http://seoji.nl.go.kr)와 국가자료종합목록 구축시
스템(http://kolis-net.nl.go.kr)에서 이용하실 수 있습니다.
(CIP제어번호 : CIP2019019084)